鈴鹿・御在所岳

藤内小屋復興ものがたり

目次

私の原点

辰野　勇（株式会社モンベル会長）

一九六六年春、高校を卒業した私は、名古屋市栄町のスポーツ用品店に住み込みで働くことになった。

大学に進学するつもりで普通校には入学したが、一年生の国語の教科書で紹介されていた一冊の本を読んで強烈な衝撃を受けた。オーストリアの登山家ハインリッヒ・ハラー著『白い蜘蛛』である。ヨーロッパ・アルプスで最も困難とされていた三大北壁の一つ、アイガー北壁の初登攀記である。

このとき私は二つの夢と目標を心に描いた。一つは「アイガー北壁」を日本人として初めて登ること。いま一つは、社会に出て「山に関わる仕事を生業《なりわい》にする」ことだった。この思いを叶えるために、私は大学に進学しない決断をした。七〇年安保闘争で大混乱していた大学での四年間が無駄に思えた。それより、一刻も早く山の仕事の経験を積みたかった。十八歳の少年にとって、親元を離れた住み込みでの就職は心細かったが、自分が選んだ道だから頑張れた。

与えられた休日の前夜、仕事が終わればザックを担いで御在所山に向かった。終電で湯の山駅から歩き出す。重い登攀具を担いで暗闇の中を一人黙々と登った。藤内小屋にたどり着くのはたいてい深夜だった。小屋の中にはほのかな灯りが見えたが、宿泊させてもらうお金もなかった。軒下のベンチに寝袋を広げてもぐりこむ。朝日が昇れば一人藤内壁を目指して登りだした。そんな貧乏登山者にも佐々木さん夫妻はいつも優しく接してくれた。

十九歳の冬、友人から紹介された十歳年上の中谷三次とともに前穂高岳屏風岩の鵬翔ルート登攀、雲稜ルート初下降を成功させたが、登攀中、手の指に凍傷を負ってしまった。その傷も癒えないうちに藤内壁一の壁に取り付いた。

いつもなら難なく登れるはずが指の感覚が無く、第一ハーケンにたどり着く直前で滑落してしまった。岩場に叩きつけられた私は、幸い命に別状なかったが左足首を骨折して、自力で下山することができなくなっていた。近くにいた中京大学山岳部の部員たちに支えられて藤内小屋までたどり着いたが、足首は二倍に膨れ上がりその痛みは耐えがたかった。その後、私は正巳さんに背負われて救急車の待つ湯ノ山温泉まで担ぎ下ろされた。通いなれた裏道を確実な足取りで下って行く正巳さんの背中が頼もしかった。

高校一年生のときに抱いた目標の一つアイガー北壁は五年後の一九六九年夏、二十一歳で中谷とともに登ることができた。日本人初の記録は高田光政氏に譲ることになったが、最年少記録の栄誉を頂くことになった。

もう一つの「山に関連した仕事を生業にする」目標は、二十八歳の誕生日と同時に〝株式会社モンベル〟を創業することで成就することになった。

たった一人で始めた会社だったが、一カ月後には山仲間の真崎文明と増尾幸子が合流してくれた。その後、仲間も増えて事業規模も徐々に拡大していった。そんな思いを支えてくれた「原点」ともいえる藤内小屋に、創業して七年後の一九八二年九月、当事モンベルが輸入を始めていたフィンランドのログハウスを一棟寄付したいと私は考えた。その申し出を正巳さんは快く聞き入れてくれた。さっそく、社員全員（当時約五〇人）でログハウスの材料を担ぎ上げた。北欧の寒さにも耐えるようにドアや窓のガラスは三重になっていて重かったが、みんな若かった。完成したログハウスの入り口には、敏子さんが手作りで木片に「montbell house」と書いた表札を上げてくれた。建物はわずか九平米と小さかったが、独立した建物は宿泊客に人気があった。


藤内小屋をあの忌まわしい山崩れが襲ったのは、二〇〇八年九月二日のことだった。小屋は壊滅的なダメージを受けたが、藤内小屋に思いを寄せる多くの登山者が再建を望んで修復作業が始まった。私は、崩壊してしまった「montbell house」を撤去して、新たにひと回り大きなログハウスを寄付することにした。大量の資材を担ぎ上げるために、多くの人たちが名乗りを上げてくれた。地元山岳会を中心にしたおよそ一〇〇名のボランティアと、藤内壁を中心に訓練する陸上自衛隊の隊員およそ一〇〇名、そして更におよそ一〇〇名のモンベル社員によるボランティア。総勢約三〇〇名が一日かけて一気に資材を担ぎ上げた。一糸乱れない彼らの活動に私は感動した。そして、いかに藤内小屋が登山者から愛され、佐々木さんご夫妻が慕われているかを目の当たりにした思いがした。

担ぎ上げられた資材を地元の皆さんが一つ一つ丁寧に組み上げてログハウスを完成させた。ボランティアの皆さんにあらためて感謝します。

敏子さんは手作りした「montbell house」の表札を瓦礫の中から見つけて、新築ログハウスの入り口に貼り付けてくれた。

藤内小屋の運営は、愛娘奈那子さんとそのご主人神谷清春さんに引き継がれることになった。材木の一本一本、設備の一つ一つ、背負子に背負って担ぎ上げた正巳さんと、その思いをしっかり支えてきた敏子さんが作り上げた藤内小屋も一度は崩壊の危機に見舞われたが、多くの人々の善意に支えられて新しくその運営が引き継がれることになった。この先も藤内小屋存続のために、皆さんのご支援をお願いします。

第一章　災害――石流れる

二〇〇八年九月二日　火曜日

この日、佐々木正巳は中菰野《こもの》の自宅にいた。雨はほとんど降っていなかった。天気予報では、今夜にかけて雨足が強くなるといっていた。

「藤内小屋」は金土日を中心に開けている。予約があれば平日でも山に上がっていくが、今週は予約もなく、昨日、妻・敏子と中菰野の自宅に下りてきた。

正巳はノンビリできると思っていた。敏子も久しぶりにコーラスの練習に行けると、楽しみにしていた。

藤内小屋は、御在所岳や国見岳を目指す登山者が一服していく場所であり、また藤内壁を登るロッククライマーが立ち寄る所である

八月は登山客も多く食料が不足している状態なので、正巳は小屋へ食材や燃料の荷上げの準

備をしなくてはと思いながら、少しノンビリしたい気持ちもあった。最近は年齢を感じるのか、以前ほどの馬力がないことも実感していた。

昔は小屋の前で自炊する人も多かったが、今は小屋に泊まって食事をしながら懇談をする人が多くなった。大きな荷物を持って上がってくる人が少なくなったと正巳は感じていた。

裏道登山道にはもう一軒、「日向小屋」がある。ここは菰野町宿野に住んでいる梅田浩生が経営をしている。正巳と梅田は、菰野山岳会でよく一緒に山に行った気心知れた山仲間である。

日向小屋も週末のみの営業である。九月一日は、梅田も自宅の改装工事をしていることもあって自宅に下りてきていた。風呂が使えないので近くの日帰り湯の片岡温泉に行っていた。そこで、御在所岳周辺は午後からものすごいゲリラ豪雨になっていると聞いたが、たいしたことはないだろうと思っていた。念のためと車で鈴鹿スカイラインを登りかけた。ところが希望荘付近まで来るのが精いっぱいで、物凄い雨である。これ以上進めなかった。なぎ倒された流木もあった。梅田は菰野庁舎まで引き返した。ここは小雨が降っている程度の状態であった。

振り向いた御在所岳は真っ黒い雨雲に覆われていた。

同じ頃、湯の山温泉街を通り越し鈴鹿スカイラインの突き当たりに「一の谷小屋」を持つ長《なが》田《た》茂樹が、同じく御在所岳一帯は豪雨と聞き小屋に向かおうとしていた。が、湯の山温泉街まで来たが近づけるような状況ではなかった。

これが九月二日の午後からの状況であった。全国的にピンポイント豪雨があって、最近はそれをゲリラ豪雨と呼び、気象用語にもなっている。

正巳は御在所岳周辺の集中豪雨は聞いていたが、中菰野の自宅周辺はほとんど雨も降っておらず、明日の朝にでも行ってみようと思っていた。

九月三日　水曜日

朝、日向小屋の梅田は朝早く鈴鹿スカイラインから裏道登山道入口まで来たが、裏道登山道はメチャメチャで登れる状態ではなかった。正巳は日向小屋の梅田から電話で聞いていたので小屋に急いで行こうとしたが、敏子に止められた。

「お父ちゃん一人ではあぶない。奈那子に電話する」

娘の奈那子は杉谷の自宅にいた。母、敏子から「藤内小屋が大変な状況になっている」と電話で聞いたが、自分一人では対応できないと思い、すでに出勤していた夫の神谷に電話をした。

神谷清春はトラックの運転手である。御在所岳の豪雨のことは知っていたが、仕事の予定もあり出勤していた。奈那子から藤内小屋の状況を電話で知らされ、会社に事情を話して急遽、家に帰ることにした。

敏子は、娘夫婦が来てくれることになり、ほっとした。正巳は神谷と奈那子が来てから小屋に向かうことにした。

　再び日向小屋の梅田から連絡があり、裏道登山道はズタズタになっていること、日向小屋は床がえぐられ宙に浮いている状況だと聞かされた。正巳は厳しい状況を覚悟しながら神谷と奈那子を待った。間もなく神谷と奈那子が来た。敏子は自宅で待機することにした。

　中菰野の家には「藤内小屋は大丈夫か」との電話がかかってきはじめた。土曜日（六日）に宿泊予定の人から、「御在所岳は豪雨でひどいと聞いたが大丈夫ですか」と問い合わせがあった。正巳は、今から行ってみるけど、たぶん大丈夫ではないか、と対応していた。

　正巳たちは、とにかく行ける所まで行こうと車を走らせた。鈴鹿スカイラインはどうにか通ることができた。

　裏道登山道入口に車を止め、登りだして驚いた。北谷の堰堤が石で埋め尽くされている。その上を濁流がすごい勢いで流れている。ここから藤内小屋まで通常は一時間もかからない道のりだが、既に流木が根こそぎめくられ、大きな石が折り重なるように登山道をふさいでいた。登山道は山側に作られていたが寸断され、通れる状況ではない。石の河原を歩くしかないという状況だった。水の勢いの激しさに危険さえ感じた。

　しばらくして日向小屋が見えた。状況はある程度聞いてはいたが、愕然とした。小屋が宙に浮いている。

近くにあった菰野山岳会の小屋は日向小屋より山側にあり、被害はないようだった。

まだ水量も多く勢いもあり、これ以上行くのは危険だった。正巳は神谷と顔を見合わせた。

奈那子の意見も聞いて、いったん引き返すことにした。この状況だと藤内小屋は全滅しているのではないかと思った。

自宅に帰ってしばらくすると、天気も良くなって御在所岳の山頂も晴れてきたので、昼過ぎ、もう一度、三人で行くことにした。午前中より水量も少し減っている。いくつか架けられていた橋は流されているので、対岸に渡るにも大きく迂回しなければならない。

鉄骨で作った「四の渡し」は流されて何も残っていない。この四の渡しについて正巳には忘れられない思い出があった。藤内小屋までの道を整備していた時、四の渡しは丸太木で作ってあったが、子どもや女性は怖くて渡れないと言う。また洪水の時には丸太が何度か流された。そんなこともあって、正巳はここに手すりのあるしっかりした鉄の橋を作りたかった。奈那子が保育園に通う道でもあったからだ。

正巳は菰野町に相談したが、予算がないという。この話を聞いた見知らぬ四日市のおばあさんが、正巳の子どもたちのためと一〇〇万円を菰野町に寄付してくれた。それに町が三〇万円を出して鉄製の「四の渡し」ができた。そんな経過があって作られた鉄の橋さえ流されていた。

登り始めて一時間以上経っているが、まだ三分の一ほどだろうか。日向小屋を過ぎて山中の道は辛うじて残っていた。少し順調に登れたが、ここでも対岸に渡れない。ここにあった橋も流されている。

山側をトラバースするように渡るしかなかった。水量が多く慎重に渡る。ここまで来て藤内小屋はもう駄目ではないかと、正巳はまた暗い気持ちになった。既に登りだして、二時間以上が経っている。

藤内小屋は御在所岳に向かって三角州のような場所にあり、右側を本流が流れ、左が支流のようになっていた。そのぽっかり空いたスペースから、菰野の街並みと遠く四日市のコンビナートが見える。

正巳はこのスポットが、藤内小屋を建てる前から大好きだった。

ここからの夜景は最高である。

およそ三時間、藤内小屋が見える所まで来た。「赤い屋根が見える！」「藤内小屋はある！」と神谷が叫んだ。ここからでも、まだ七～八メートル登らなくてはならない。以前は石つたえに、簡単に行けた所である。小屋が見える所まで来た。モンベル小屋は流され、その上に石が乗っている。藤内小屋には七棟の建物があった。全滅状況ではないことに三人はまず安堵した。しかし、あまりのひどさに言葉が出なかった。

既に午後三時半を過ぎている。全体の状況が確認できた。帰りのことを考えるとこれ以上ここにいることはできない。早々に下りることにした。

登ってきた状況からして、まだ川の水量も多くあり、下りはさらに危険だと奈那子は思った。正巳が一カ月前に足を捻挫して入院をしていたこともあり、河原を下るのではなく、裏道から中道へトラバースするコースを取ることにした。中道への登山道には水は無かったが一部崩れたた所もあり、下山に時間がかかった。

中道の登山口まで来た時は既に暗くなっていた。中菰野の家に着いたのは午後八時過ぎ。心配そうに敏子が待っていた。

藤内小屋の常連から「小屋は大丈夫か」と次々に電話がかかってくる、敏子は「今、お父さんと神谷さん、奈那子が小屋に行っている」としか答えられなかった。

敏子は三人が揃って帰って来て、まず安心した。そして小屋が一部でも残っていることにホッとした。

九月四日　木曜日　「藤内小屋、裏道」壊滅

九月四日の『中日新聞』朝刊は「豪雨　大きなつめ跡」の見出しで、「二日（火）午後から三日（水）にかけて三重県北部で降った激しい雨は、いなべ市、菰野町を中心に被害をもたらした」と報じた。菰野町の被害状況の報道があってから、「藤内小屋は大丈夫か」と問い合わせの電話がひっきりなしにあった。まだ御在所岳登山道の被害状況は報道されていなかった。
三日の夜、兵庫の松井良三は敏子に電話した。
「明日、朝一番で行くから一緒に小屋に行きたい」。

縁の下をえぐられた２合目の日向小屋

松井は敏子からある程度、厳しい状況は聞いていた。九月四日、早朝、車を走らせた。松井が中菰野の正巳の家に着くと通称・弥次さん（本名・鬼頭轉）が来ていた。正巳、松井、弥次さんの三人と、今日は敏子も藤内小屋へ行くことにした。

日向小屋を見た時は、松井、弥次さん、そして敏子も相当なショックを受けた。家が宙に浮いている。そこから対岸に行くために大きく迂回しながら登る。登り始めて一時間以上経っているがなかなか進めない。少し順調に登れたが、ここでも対岸に渡れない。

正巳は神谷、奈那子と昨日通っているので、さほど驚かなかったが、他の三人はこの厳しい状況に言葉を失っていた。

山側をトラバースするように渡る。まだ水量が多く慎重に登る。藤内小屋は全滅ではないとは聞いていたが、暗い気持ちになった。歩き出して三時間が経った。トラバースして山道を登った時、反対側にちらっと赤い屋根が見えた。しばらく行くと見慣れた小屋の一部が見えた。橋も流されており、藤内小屋の入り口に石柱の標識があったはずだ。それも土砂や流木に埋まって頭の部分しか見えない。そこまで来ると藤内小屋の全体が見えた。

「小屋がある、小屋がある！」

正巳以外の三人は同じように声に出した。

正巳はじっと見ているだけだった。四年前に増築した別館が母屋の中にめり込むように止まっている。大きな石とともに流木も突き刺さっている。隣にあった物置小屋がない、昨年完成した「一服亭」と呼んでいた建物がない、流されている。しばらく見ていたら、東西方向に建っていた建物が、南北方向に九〇度回転してどうにか止まっている。

正巳が唸っている。「もう駄目だ。もう駄目だ……」。みんなも声にならない。しばらく経って全体が見えてきた。

材木置き場は流れて形もない。藤内小屋の正面は前のめりになっているが残っている。小屋の前のベンチもない。池も石でつぶれている。

水は木をなぎ倒し家を押し流していった

玄関が川となって……

松井は一瞬目を疑った。手前にあったモンベルの小屋には石が乗っており、よく見ると、九〇度反転して、土砂に埋まっている。その下方にあった「北勢労山小屋」は押しつぶされている。発電機小屋も含めて七棟あった小屋は辛うじて三棟がどうにか形を留めていた。

気を取り直し、母屋の前に行った。家は傾いているが、正面に飾ってあったおやじさんとおかみさんの「いらっしゃい」という絵は残っていた。玄関に母屋の裏にあった別館から水がどんどん流れこんでいる。それは濁流ではなく澄んだ北谷の水だった。このひどい現実には濁流の方が似合うとさえ思えた。

藤内小屋の真ん中を川のように流れている水を見て、松井は涙が出た。おやじはと正巳を見ると、無表情で、放心したような顔で石に座りタバコをふかしている。

壊滅状態の山小屋

声を掛けられる状況ではなかった。敏子も唖然として言葉がなかったが、弥次さんは黙々と瓦礫や木屑を片付け始めていた。

阪神淡路の震災を経験している松井は、これは震災と同じだと思った。松井は何もしないでいることにいたたまれず、小屋の中を片付けようとしたが、とても手が付けられる状況ではなかった。

松井は、この現実を藤内小屋を常宿にしている山仲間に知らせなければと思い、写真を撮りまくった。言葉で説明するより写真の方がリアルに伝わる。それを「藤内小屋、裏道壊滅」というフォトレポートにまとめ山仲間に転送した。

山崩れ、石流れる

村山俊司（四日市市在住）は藤内壁をこよなく愛するクライマーである。九月二日から三日にかけての集中豪雨により、御在所岳一帯はひどい状況になっているらしいとラジオで聞いた。詳しい状況はわからない。藤内壁をわが庭のようにしている村山は、居ても立ってもいられ

1/

9/1(月)「二百十日」の豪雨で

「藤内小屋・裏　道」が壊滅

平成20年9月4日('08)撮影

砂防ダム土砂で満杯

砂防ダム～日向小屋付近まで
傾斜が無く成った感じ

日向小屋下橋手前の電柱から
登山道なし

奥日向小屋　登山道は削られ岩盤が出ている

シロヤシオの
反対側に有る
登山標識

川底から7m程登
らねば小屋に着
けない

モンベルの
小屋土砂等
で埋まり90°
程動いてい
る

登山道は崖 反対側の斜面岩盤むき出し所を歩く

日向小屋はかろうじて乗っている床は無し

2/

芳山の小屋

清・水が流れ
ている

新館階段からホール前
廊下を通り水が流れていた

玄関前の状態

150cm程土台から東側(前)に押し出されて
いる

なかった。藤内小屋、日向小屋は大丈夫だろうか。

四日、仕事の関係で御在所のロープウエイ会社に行く用事があり、まずロープウエイの駅まで行ってみようと思った。

ロープウエイは動いていた。そこで知人のMさんに会った。状況を聞くと、相当ひどい状況に

沢登りに快適だった北谷も荒れ果てた

なっているが詳しい状況はわからない、ロープウエイからかなりの崩落は確認できるが北谷の状況は全くわからないという。

村山は日向小屋、藤内小屋まで行ってみようと思っていた。ロープウエイで山頂駅まで行き、とにかく状況確認のため山頂から裏道登山道を下りてくることにした。

頂上から裏道コースは、水が流れた跡はあったが、いつもと変わらず歩くことができた。御在所岳は花崗岩の山であり、表面に雑木があるが、その下の花崗岩は長い時間の中でえぐられたようになっている。そこが雨の降らない時は登山道になっている。その日もいつものように下り出した。

九合目が国見峠である。水の流れでえぐられたところはあったが国見峠まではスムーズに行けた。国見峠から本格的な裏道コースが始まる。ここからは潅木地帯がしばらく続く。ガレ場ではなく背の低い林の中の山道である。

七合目にさしかかった時、一瞬、村山は林の中が急に明るくなったと感じた。しばらくして左手に白い石の崩落が見えた。どうしてこんなに明るいのかと思っていたが、陽の光が白い石に反射して明るくなっていることに気がついた。

七合目の登山道標識を過ぎて突然、目の前にえぐられたような土石流の崩落現場が現れた。ここが土石流の源ではないかと思った。木々をなぎ倒した土石流がはっきりと確認できる。まさに白い石の川である。石に白い部分と茶色い部分がある。白い部分は土の中に埋まっていた部分で茶色い部分は地上に出ていた部分だろうと思われた。石は掘り起こされたように崩落していた。

「前壁」の前面もえぐり取られている。六合目が近づいてきた。

六合目の看板は残っているが土石流が道を削り、なんとも痛々しい。ところどころ裏道の一部が残っている。ホッとするような気持ちになるのはつかの間、ゴロゴロとした石の河原を下りていくしかなかった。水量はなかった。ここから一直線に土石流は藤内小屋まで流れて行ったのだろうか、はるか彼方に白く埋まった堰堤のようなものが見える。

「藤内壁出合」の前も大きくえぐられていた。ここは御在所岳の頂上に行く登山道と藤内壁へ行く道の出合いである。標識には「ロッククライマー以外は危険です。立ち入らないで下さい」と書かれている。ここにも山の中を通る裏道の一部が残っていた。

山側を迂回したところで大きな木も残っている。以前のままである。木々の間から、木漏れ日が薄暗い林の中に模様を作り、美しいとさえ思った。

石と石が当たりながら、大量の水と一緒に押し流されたのであろう。河原まで出て行くと村山は異様な臭いに気がついた。石に鼻を近づけると硫黄のような臭いがする。火打石を叩いて火が出た時のような臭いだった。石が激しくぶつかりながら流れた時に出た臭いではないかと思った。

　ここは国見尾根からの沢と北谷沢が合流する地点である。この沢にも土石流が流れた跡がある。土石流が合流したのではないだろうか。本流と合流してさらに大きな土石流になっていったのかもしれない。

　水場は残っており、いつもの清い水が流れていた。水場の前も大きくえぐられていた。しばらくして「兎の耳」が見えた。耳がなくなっている。ただ、この岩が崩れてないことに安堵した。その下の「天狗の踊り場」は完全に流されていた。

　正巳の話によると、「天狗の踊り場」ができたのは、六十数年前に北谷の大洪水で周りの石が流され、流された石が敷き詰められて石の広場ができた。そのゴロゴロした感じの広場を誰となく「天狗の踊り場」と言い出した。いつの頃か、そこに御在所岳や鈴鹿の山だけでなく山で遭難した人の碑として石を積み上げ、ケルンが作られていった。言葉も添えて数十体のケルンが作られていた。不思議なことに「北川みはる」というレリーフをはめ込んだ石だけは、以前のまま残っていた。村山もそれを見て、「この辺りが天狗の踊り場か」と思った。

　五合目を過ぎたあたりから藤内小屋の赤い屋根が見え隠れしていた。

　途中、この辺りから根こそぎめくられた流木が、折り重なるように石の河原に引っかかっている。屋根は見え隠れするが藤内小屋はどうなっているだろうか心配だった。

土石流や流木で小屋を押しつぶされているのではないかと思った。流れてきた石と流木が、藤内小屋の真上で北谷の本流と南側の支流の二股に分かれている。まともにその上を土石流が流れていれば藤内小屋はなくなっているかもしれないと思っていたが、時々赤い屋根が見えていたので安心した。

近くまで行くと何棟か流されていない小屋があった。流木と石が三角州の上で盛り上がるように止まり、濁流や石が二股に流れている。まさに一部でも残っていることが奇跡のように思えた。

真っ白い大きな石のまわりには根こそぎ引き抜かれたように、青い葉のついたままの流木が重なるようにあった。これをどけるのは大変な仕事だ。確かに小屋は残っていたが、傾いたり、移動したり、石がかぶさっていたり、流木が建物を覆ってまさに石とガレキが小屋を押しつぶしている感じだった。藤内小屋の入り口にあった「安全登山」の標識が、小屋の方に押し寄せられていた。

北谷は両岸が削られたように広くなっていた。キャンプ場は一部が流され、狭くなっていた。ここで水が大きくカーブしたのではないかと思った。その上の愛知学連小屋は無傷のようで、白い壁がまわりの木々の中に鮮やかに見えた。

オーナーの正巳さんがいた。押し流され九〇度回転した「一服亭」跡の石に座りタバコを吸っていたが、すぐに声をかけられる状況ではなかった。

敏子さんは一人で忙しく後片付けをしていた。「ひめつつじ山の会」の弥次さんにも会った。何人かの応援者はいたが、どこから手を付けてよいかわから

土石流の恐ろしさを知る

復興に向けての第一歩

藤内小屋の惨状を目にして呆然とする佐々木ご夫妻。

ないという状況だった。

一の谷小屋の長田も登ってきた。心配した藤内小屋の常連も数人一緒だった。長田と友人は裏道登山口まで行ったが、行けそうもないので、中道から裏道にトラバースして藤内小屋に着いた。みんな「これはひどい」と現状を認識するのが精いっぱいだった。

村山は言う。「正巳さんに国見峠からの状況も簡単に報告したが、ほとんど放心状況で、ショックのひどさがよくわかった」。

村山は七合目からの土石流の状況を確認してきたが、藤内小屋がこのような形で残ったのはまさに奇跡としか言いようがないと思った。正巳ら四人と合流した後、日向小屋まで下ることにした。藤内小屋の状況から日向小屋もひどい状況ではないかと思った。

九月五日　金曜日

九月五日の新聞の朝刊は「菰野の観光地、復旧のめど立たず」と釣堀りの被害を大きく伝えた。また裏登山道で山小屋（日向小屋）を経営する梅田さんの話として「まるで河原、登山道がどこかもわからない。これ以上雨が降れば石が崩れる危険がある」と報じた。

九月六日　土曜日　災害状況の調査、マスコミも同行

六日、三重県山岳連盟と日本山岳会（ＪＣＡ）東海支部のメンバーを始め、十五名ほどで実態調査が行われた。この調査に村山も同行した。またこの調査にはマスコミ関係者も同行した。

村山は危険箇所を確認し、ロープを張って「通行止め」の張り紙をした。裏道登山道の一合目から入った。ここは蒼滝の上であり鉄の橋が架けられていたが、一部を残して赤い頑丈な鉄骨の橋は大きく傾き崩れている。「橋の崩落により通行止め」の紙を貼った。

橋も流され岩をへつる登山者

水量は普通と変わりないが、蒼滝の滝壺は流された土石で埋まっているのではないかと思われた。ここはえぐり取られた渓谷という感じである。

注意しながら登っていくが、復旧には相当時間がかかると思われた。鈴鹿スカイラインに出て、堰

崩れ落ちた鉄の橋

堤の方に行くと、そこは流木と土石流が運んできた白い石で埋まっている。しばらく行くと日向小屋の梅田さんに会った。ところどころ仮橋を付けてくれていたのでスムーズに行くことができたが、まさに白い石の河原という感じであった。

九月六日は災害発生後の初めての週末である。この間、新聞をはじめマスコミで御在所岳の裏道登山道の災害状況が報道され、藤内小屋や日向小屋の状況は写真入りで報道されていた。

菰野町観光協会は「御在所岳と周辺の鈴鹿山系の一帯は、安全が確認されるまで入山を控えてほしい」と呼びかけていた。

同行したメンバーの言葉が翌日の新聞各紙に掲載された。

鈴鹿アルパインクラブ副会長・保坂光広は「まったく違う風景になってしまった」と語っている。三重県山岳連盟とＪＡＣ東海支部の遭難対策委員長・野呂邦彦は「今後、登山道を再び整備するための義援金を呼びかけていきたい」と話している。

土曜日ということもあって、藤内小屋には多くの応援隊が来ていた。毎年、九月にこの小屋の前で「ひめつつじ山の会」のメンバーによる絵や写真のアート展を開催しており、村山も参加していた。もしその日と重なっていたらと考えただけでもゾッとした。

九月七日　日曜日　新聞報道　正巳の涙

七日の朝刊は、六日の災害状況調査に参加した各社の同行記事が一斉に報じられた。『毎日新聞』の高木香奈記者も同行した。九月七日の同紙朝刊の見出しは「橋流され小屋破壊…愛好家絶句。豪雨で登山道に被害」となっている。記事には「藤内小屋は土砂崩落で宿舎や売店、別棟の喫茶店などが傾き、露天風呂は流されてしまった。この日オーナーの佐々木正巳さんの家族や、駆けつけた常連客が片付けをしていた」と書かれている。

『中日新聞』の山田浩平記者の「豪雨御在所岳調査同行ルポ」、その記事から一部を引用すると。

「景色一変巨岩と流木　山小屋も壊滅的被害」。

入口から林の中を歩いたのは数分。そこで登山道は途切れた。整備された道があったはずの谷あいは無数の巨大な白い岩と流木が埋め尽くしている。岩場を乗り越えながら上流

2008年09月07日　（日曜日）　中日新聞　朝刊　20ページ

おはようインタビュー

御在所岳調査同行ルポ

景色一変 巨岩と流木

山小屋も壊滅的被害

県北部を襲った豪雨から四日が経過した六日、県山岳連盟などが菰野町・御在所岳で実施した現地調査に同行した。登山道の一つ「裏登山道」は土砂崩れで大部分が崩壊しており、未曽有の豪雨が山に残した爪あとを目の当たりにした。（山田晃平）

巨大な岩や流木が無数に積もり、登山道がなくなった谷

土石流で土台が半分以上流された日向小屋＝いずれも菰野町の御在所岳裏登山道で

8日（旧8月9日）

日出 5:32　日入 18:11　月出 13:36　月入 23:03　月齢 8.3

満潮 12:54　21:52　干潮 4:54　16:29

被災状況は新聞各紙に連日報道された

に歩を進めた。目に飛び込んできたのが、露出した地肌にしがみつくように建つ「日向小屋」。土台の半分以上が流されて一階の床が抜け、今にも落ちてしまいそうだ。「まだ補強もしていないが、どうしようもない」。管理人の梅田浩生さん（六七）はつぶやいた。

そしてまた巨岩と流木の風景。谷に架かっていた橋「四の渡し」は流されて跡形もない。川沿いの林道を抜け、岸壁を乗り越えると、そこにあったのは大破した「藤内小屋」。室内にも厚さ数十センチの土砂。建てたばかりの宿泊棟は岩と流木で押しつぶされてひしゃげている。休憩所は数メートルずり落ち、九〇度向きを変えていた。

五十年前に小屋を建てたオーナーの佐々木正巳さん（七二）は「私の一生のすべて。涙がぼろぼろ出る」。愛用のコーヒーカップは地面にぽつんと転がり、ふちが欠けていた」

この頃から情報も入りだし、心配した藤内小屋仲間たちが集まってきた各社の報道は「藤内小屋の再建は困難というより無理ではないか」と思わせるものだった。正巳もこの時点ではそう判断していた。調査に同行した村山も、この被害状況では再建は難しいと思っていた。

九月九日　火曜日

この日、村山は上空から調査することにした。

まず前尾根の登りＰ２、やぐらあたりから北谷を見ると、この辺りが北谷の土石流の始まりではないかと思った。だんだんと川幅が広がり、白い石の河原になっていることがよくわかる。土が流され白い石が残ったという感じである。

やぐらから見ると、白い線になり藤内小屋手前で左右に分かれ、複雑に流れたことがよくわかる。藤内小屋が三角洲の中に奇跡的に残った感じである。藤内小屋が小さな島のように見える。

立岩のルンゼから土石流の発生した跡があり、これが本流に合流して大きな土石流になったのではないか。国見の方から流れた土石流跡もここから見える。三方から合流した土石流がこのような被害をもたらしたのではないかと思った。

上空から見た藤内小屋。水の勢いや被害の様子がよくわかる

藤内小屋の前で二つに分かれた流れは藤内小屋の下の方で一本になる。それが大きな流れとなって「四の橋」「七の橋」を流してしまった。そして「宙に浮いた」日向小屋になったのだろうと想像できた。この場所で石の流れる音を聞いていたら、どんな音だっただろう。現実ではないような「不気味な音」を想像してしまう。

中道登山道を下りてきて、小峠から裏道に抜けるコースに行く予定であったが、通れる状況ではなかった。村山は「一般登山者禁止」の制限ロープを張った。

第二章　藤内小屋

「近鉄山の家」から「御在所山の家」へ

佐々木正巳は中菰野の家から学校に通っていた。小学校の頃は山に薪を取りに行くことが日課で、遊び場はいつも「近鉄山の家」だった。

近畿鉄道は当時、御在所岳や大台ヶ原に山の家を作った。鉄道沿線のガイドと近鉄電車への集客を狙ったものである。

「近鉄山の家」は一九四二年（昭和一七）御在所岳の中道登山道入り口に建てられた。管理人は菰野森林組合の森林監視員をしていた佐々木角蔵であった。「近鉄山の家」は東海地区の登山ブームの先駆けとなって、登山者に親しまれるようになった。その後、近鉄が角蔵に山の家を譲り、角蔵の経営になると名前を「御在所山の家」と変えた。

角蔵は山の家を管理しながら中菰野に家を建て、子どもたちを育てた。佐々木角蔵は正巳の祖父である。

山の家を中心に、一九五〇年（昭和二五）「鈴鹿アルパインクラブ」が作られた。当初会員は一〇名前後で、初代会長には佐々木角蔵がなった。

御在所山の家

正巳の父、正一は角蔵の長男として生まれた。小さい頃から頭がよく、高等学校を卒業すると、親戚を頼って家出をするように東京に行った。ところが運悪く、その日が関東大震災と重なり、家に連れ戻された。

その後、正一は中央大学に入学。大学途中で国鉄に入り、東京で春江と結婚した。一九三五年（昭和一〇）正巳が生まれた。その後、国鉄から満鉄に変わり、正巳二歳の時、奉天本部に配属となり一家は満州に渡る。父は満鉄の幹部となり、満州で裕福な生活を送って

一の谷　御在所山の家

いた。

一九四五年、満州で終戦を迎える。正一は満鉄時代のことを『広野の挽歌』（昭和五三年）という本にまとめている。それによると通信関係の仕事に配属となり、昭和二〇年八月一日電信所の所長として赴任。その日に召集令状が来た。出かける朝、妻に向かってこう言っている。

「今日限りで二度と会えないだろう。もしソ連が参戦してきたらお前たちは皆死ぬだろう。ただ正巳だけは何とかして逃がしてくれ、あれも十歳になっているから、なんとでも生きていくだろう。他の者は駄目だろう。幸いソ連が参戦しなくてもこの戦争は長引いて俺は戦死すると思う。アメリカ相手で、今となっては勝ち目がない。おれが死んだら子どもを頼む」と。

終戦になり部隊が解散、父は三カ月後に苦労しながら満州の自宅に帰って来た。

翌昭和二一年、引き揚げが始まる。妻と子どもは五月の第一陣で帰国し、中孤野の自宅に帰った。正巳十一歳の時であった。父は家族より遅れて、一年後に帰って来た。

敗戦後、満州では小学校が閉鎖され正巳は学校に入っていなかった。そのため年齢は五年生だったが、菰野小学校の四年に編入された。

中学校二年頃になると正巳の身長は一七〇センチ近くなり、「御在所山の家」の働き手として大きな戦力であった。休みの時はいつも山小屋を手伝い、時には登山者と御在所岳はじめ鈴鹿の山々によく行った。藤内壁のロッククライミングにも挑戦した。

正一はしばらくして菰野町会議員になり資産区議長、菰野森林組合の議長等を歴任、一九五六年の父角蔵の死去をうけて「御在所山の家」を継ぐことになった。四十六歳であった。

当時の日本の登山状況と藤内小屋

一九二八年八月二四日　浦松佐美太郎マッターホルン西山稜登攀

一九三六年一〇月五日　堀田弥一隊長の立教大がナンダコット六八六一メートル初登攀。
この年日本人初ヒマラヤ遠征。

一九三六年ごろ　名古屋の岳人が藤内壁に注目して、藤内壁までの道を開く。

一九四二年　「近鉄山の家」できる。佐々木角蔵が管理人になる。

一九四七年七月二六日　石岡繁雄が学生の本田、松田と穂高岳の屏風岩の正面中央初登攀。

一九四八年　冬　藤内壁氷壁に女性パーティーが初挑戦。

一九五〇年九月　名古屋国体開催。山岳部門が鈴鹿、藤内壁で開催される。

一九五五年一月三日　穂高東壁ナイロンザイル切断遭難事件。
一九五六年　これをモデルに小説「氷壁」（井上靖、一九五八年）が書かれる。
一九五六年五月九日　佐々木角蔵死去。「御在所山の家」を佐々木正一が引く継ぐ。
一九五九年一一月　マナスルに槇隊長、ギャルツエンノルブに初登攀。
佐々木正巳「藤内小屋」を作る。
一九六五年八月一四日　高田光政、渡部恒明がアイガー北壁へ。渡部が遭難。
一九六九年八月一五日　今井通子が女性初のアイガー北壁登攀。
一九七〇年五月一一日　植村直巳が日本人初エベレスト登攀
一九七五年五月一六日　田部井淳子がエベレストに女性初登攀。

藤内小屋を作る

日本には三大岩場練習場がある。関東の三つ峠、関西の芦屋ロックガーデン、そして東海の御在所岳・藤内壁である。

高校生になると、正巳は「御在所山の家」を手伝いながら、藤内壁を遊び場にしていた。御在所岳は我が家の庭のように知り尽くしていた。

一九五六年に祖父・角蔵が亡くなり、父正一が山の家を引き継ぐと、登山ブームに乗って登山者が押し寄せ、「御在所山の家」は鈴鹿登山の中心となっていった。山小屋は増築されて、一時は一〇〇人は泊まれる大きな山小屋となった。

当時、土曜日、日曜日になると正巳と同年輩の若者たちが御在所岳に集まってきた。「鈴鹿アルパインクラブ」をはじめ鈴鹿の山を中心に北勢労山、菰野山岳会などいくつかの山岳会ができたのもこの頃であった。

この頃から正巳は、いつか自分の山小屋を持ちたいと夢を膨らませるようになった。

一九五四年（昭和二九）、正巳は四日市立工業高校を卒業。一年間サラリーマン生活をして、「御在所山の家」を本格的に手伝うようになった。

山の家を手伝いながら御在所岳、藤内壁によく登った。藤内壁に行くには中道登山道を登り、裏道登山道に出て裏道登山道から北谷を通って藤内壁に行った。北谷のあたりに山小屋があればみんな助かるのにと思いながらいつも登っていた。小屋を作る思いがだんだん強くなった。

「金を貯めて、いつか小屋を作ろう」というのが正巳の夢になった。当時も登山ブームで、各地に山岳会ができ大学や企業の山岳部の活動も活発になっていった。

一度、父に山小屋のことを相談したことがあった。反対するかと思ったら応援してくれることになり驚いた。場所はどこだと言うので、裏道登山道から藤内壁に行く所で、北谷の沢が二股に分かれ三角州のようになっている所だと言うと、父も「作るのならその辺だ」と賛成してくれた。

正巳に手持ちの資金があるわけでなく、資金は父が畑を売って援助をしてくれることになった。中菰野の自宅の横に角蔵が隠居用の「はなれ」を作るための材木を用意していた。これも使ってよいことになった。「御在所山の家」の倉庫にも角蔵が集めた材木が山積みされていた。中菰野とこの倉庫の材木があれば小屋が建てられそうな気がした。

藤内小屋の建設にかかった頃。正巳（右）とアルパインクラブの今井氏

正巳は具体的に動き出した。当時、御在所山の家には、大学、社会人の山岳部が訓練の場としてよく来ていた。その中に愛知大学山岳部の学生がいた。正巳とは年齢も近く、藤内壁にもよく一緒に登った仲間である。正巳が小屋を作りたいと言うと、資材の荷揚げも手伝ってくれた。当時、藤内壁をトレーニングの場としている山岳部のメンバーは北谷付近でテントを張っていたので、正巳の小屋作りの話が広まり、小屋があれば大いに助かると協力してくれるようになった。

一九五九年一一月、そんな人たちの協力で裏道登山道の四合目に小さな小屋ができた。正巳二十四歳の時である。その年はちょうど御在所ロープウエイの開業の年でもあった。正巳は小屋で寝起きができることが最高の喜びであった。岩をやるクライマーが集まり、小屋で泊まる人もあれば小屋の前でテントを張り、そこから藤内壁に行く人もあった。

当時を思いだしても、名古屋山岳会、中京山岳会、第二次RCC、YMCA山岳会等々、藤内小屋を中心によくクライマーが集まってきた。正巳は、特定の山岳会と特別に親しくしないことをモットーに皆とつきあった。

思わぬ山岳遭難事故が起こった。一九六二年末、愛知大学山岳部薬師岳遭難事故である。薬師岳登山中の山岳部員十三名が遭難死亡。

正巳はショックだった。小屋作りを我がことのように手伝ってくれ、小屋ができた後もよく来た人たちが亡くなったのだ。辛かった。もし当時の日記があれば、そこに正巳の心情が語られていたであろう。しかし当時の日記は今回の災害で処分していた。

一九五九年から六〇年の頃は、深田久弥の『日本百名山』出版もあって登山ブームになっていた。藤内小屋には連日名古屋、鈴鹿、亀山、松阪、四日市から多くの若者たちが来るようになった。藤内小屋は鈴鹿登山の中心となった。

その中に松阪から来ていた女性が小屋の掃除などをよく手伝ってくれた。毎週のように来て

小屋を閉めて今日は子どもと中道登山

くれ、正巳も人手が足らない状況なので助かった。当時の正巳は身長一七五センチ、体重七五キロの体格で格好よく女性の人気の的であった。

ある時、正巳はその女性に「ここに住みこんで、手伝ってくれるか」と言った。それが正巳のプロポーズであった。この女性が妻の敏子である。「正巳さんのどこに、惚れたのですか」と聞くと「私が惚れたのは藤内小屋」とてれ隠しするように言った。「特に結婚式も挙げてないのよ、家族が集まって食事会をしたくらい」。

結婚して藤内小屋を住まいとして町に申請したが、山には番地がない。人が住むところには番地が必要ということで、作ってくれたのが藤内壁八五〇一番地である。今でもそこが佐々木正巳の本籍地である。

一九六〇年の日記

一九六〇年の日記がある。一九五九年十一月に藤内小屋が完成した翌年のものだ。日記は災害時にすべて処分したということだが、この一冊だけは残したような気がすると正巳が言い出した。捜すとこの一九六〇年の日記帳だけが残っていた。

一九六〇年一月は藤内小屋で迎えた最初のお正月である。

一月一日　雨後曇　五度　宿泊人員三八名　　三一日夜は一六人

起床六時。昨夜はラジオで除夜の鐘をきく。客は早朝より出るが、ガスのため、御来光はだめ。竹内さんの妹さんが手伝ってくれるので助かる。国旗も昨夜の強風にはしのほうが破れて、その上ぬれてあわれ、終日、客室を片付ける間がなく、予想以上に詰め込んではっきりした人員わからず。

一月二日　晴　宿泊三五人

起床七時、四日市山協の三岡君、クラブの静子、百合子他六名どっと来た。

正午前、藤内壁にいき、一の壁第二ルートを登り、寒くなったので帰る。二時過ぎまでみんなでトランプなどして、楽しむ。十二時過ぎ鎌井、須藤両君御岳のみやげ話をもってくる。

一月三日　晴　宿泊二〇人
四日市山協とアルパイン合同で、雲母岳、鎌ヶ岳の縦走をする。楽しけれ。
昨夜にひきつづき東京、大阪の客をまじえてにぎやかなり。
帰りに、一の谷によって淳坊からの賀状を受け取る。うれしき。
他の者より一時間ほど遅れ八時前に藤内小屋に帰る。満岡氏と奥さんのラブロマンスの一談を聞く。

四月四日に、結婚式の時の様子が書かれている。

四月三日、明日結婚式　宿泊六名
どこにも行かずに節子と久方ぶりに、童心に返っては

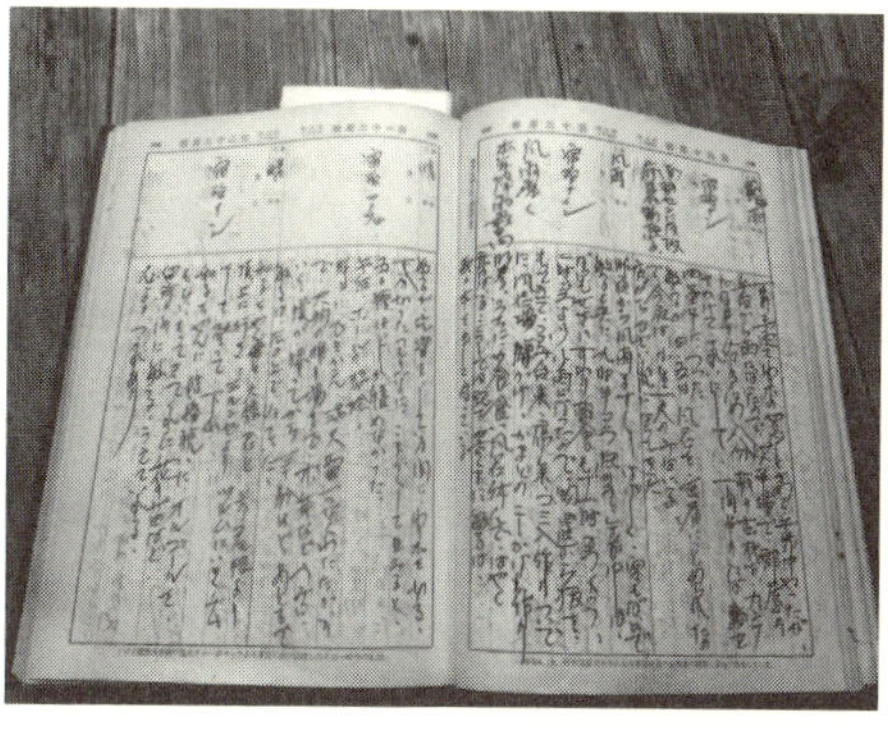

しゃぎまわった。
明日の結婚式について、わずらわしい思いで一杯。

四月四日　結婚式　宿泊三名
八時半に御在所山の家に行った。新道のおみえさんと、はるさんが、手伝っておこわを蒸していた。十二時半ごろ両方の親類が集まったので、部屋で酒と会食で、四時ごろまでに、式を終わった。無事住んだのでほっとする。久しぶりに二人になった。

内容を読むと、唯一この年の日記が捨てられなかった理由がわかる。正巳に「なぜ日記を処分したの」と聞いても、「その時はそうするしか気持ちを鎮めることができなかった」と言うばかりだった。

山から通う保育園

藤内壁はロッククライミングのゲレンデとして変化に富んでおり、難易度も高く、全国からクライマーが来た。アルプスの三大北壁日本人初登攀の記録を持つ高田光政や、登山用品メーカー「モンベル」の創業者・辰野勇も若い頃に藤内壁をホームグラウンドにしていた。世界を目指すクライマーがトレーニングの場として利用していた。正巳は多くは語らないが、長谷川恒男、加藤保男、今井通子といったクライマーも来ていたようだ。

藤内小屋には若者たちが集まり、よく山行きもした。最初は「わいわいクラブ」といって何となく集まってワイワイやっていたが、その中から山行グループができた。それが「藤内会」である。

一九六〇年七月には正巳を中心に唐沢から北穂に行った。六一年の四月には五人のパーティーで雪の残っている木曽駒に登った。藤内小屋の敏子を中心に五名の「山女」で西穂高を目指したこともあった。

小屋には〝フク〟(福)という犬がいた。この犬は正巳が御在所山の家から連れてきたもので登山者の人気者であった。藤内小屋では〝佐々木フク〟と名前を付けられ、家族のようにみんなに可愛がられていた。時々山にも連れて行った。

一九六五年(昭和四〇)、娘奈那子が生まれた。翌年、長男洋一が生まれた。正巳は藤内会のメンバーと山行きや藤内壁のガイドをしていたが、敏子は二人の子育て中心の生活になった。子どもたちは藤内小屋の前が遊び場であり、裏道の登山者、藤内壁を登る人たちが遊び相手であった。

奈那子が保育園に行く年齢になり、夫婦は考えた。正巳の強い考えで保育園へは年長から行

新婚当時の佐々木夫妻

かせることにした。

　どうして山小屋から保育園に通わせるのかと反対する声もあった。敏子は不安もあったが山小屋で子育てをする決意はあった。異存はなかった。

　藤内小屋は裏道登山道の四合目にある。朝、正巳が奈那子と一緒に登山道を下り、一合目の登山道入り口まで行く。ここに「志摩屋」という売店を兼ねた食堂があり、そこまで送って行く。藤内小屋から一時間ほどである。

　奈那子はここから一人で歩いてバス停へ行く。三〇分はかかる。それからバスで近鉄湯の山温泉駅へ行き、電車に乗って菰野駅まで行く。そこから保育園に歩いて行く。藤内小屋を出て保育園に着くまで、およそ二時間半はかかる。帰りも「志摩屋」が待ち合わせ場所だった。正巳が毎日午後三時に迎えに行った。これを親子で淡々と繰り返した。正巳はそのことが楽しみになっていた。

　奈那子はたくましく育っていった。ある時正巳が先に歩いていると、後ろで「あっ」と声がした。登山道には藤内小屋まで一の渡しから四の渡しまで当時、丸太の橋が架けられていた。これも正巳たちが作ったものである。振り返ると奈那子が川に落ちていた。正巳は言う。「急いで川から引き上げたが、流れて行く赤い靴が今でも目に焼き付いている」。

正巳はこの時、藤内小屋からの通学は不憫だと思った。娘のたくましさを感じながらも、小学生になったらこんなことはさせられないと思った。

娘・奈那子の通学にボッカしながら付きそう正巳

父正一と母春江は御在所山の家に管理人として住んでおり、中菰野の家には祖母が一人で住んでいた。一九七一年正巳三十六歳の時、家族四人で中菰野に移り住んだ。今度は正巳が藤内小屋に通うことになった。

正巳サラリーマンになる

当時、藤内小屋の利用は土、日が大半で、平日に来る人はほとんどいなかった。働きながらの登山者が多くを占めるようになっていた。しばらくは平日も中菰野から小屋に通っていたが、妻敏子のいない山小屋では食事も作れず、まして奈那子と洋一のいない山小屋はポッカリ穴があいたような気がした。しばらくして小屋を土、日だけの営業にした。それで十分だった。

中菰野に下りてきて、最初の頃はゆっくりできるとノンビリしていたが、正巳には何もすることがないのが一番の苦痛だった。土、日は山小屋に行くとしても平日は働くことができるのではないかと思い始めていた。

そんな時、桑名市の日立金属という会社が正社員を募集していると聞き、敏子に相談して応募してみることにした。結果、三七歳という年齢制限ぎりぎりだったが採用されることになった。最初はアルバイトで、間もなく正社員になった。勤められる間は働こう、小屋が忙しくなれば、いつでも辞めればいいやという軽い気持ちだった。藤内小屋の親しい仲間は、冗談まじりで、「何年務まるか賭けようか」という者までいた。

職場は機械課に配属された。そこで「藤内小屋の佐々木さんですか」と声を掛けられた。会社の山岳部でよく御在所岳に来ていた石田嘉文だった。石田は正巳が同じ職場に来たことに驚いた半面嬉しくもあった。正巳も藤内小屋によく来る山岳部の石田と気がつき心強かった。石田は正巳より十歳以上若かった。

　正巳の生活は月曜から土曜日（当時は週休二日制ではなかった）まで勤務、会社の終業時間は午後五時である。最初の頃は疲れてしまうこともあったので、土曜日の昼に仕事が終わってから藤内小屋に行くようにしていたが、慣れて来ると平日でも鈴鹿スカイラインの裏道登山道の入り口に車を停めて小屋に行った。正巳の足なら五〇分もあれば小屋まで行けた。当時、廃車になった車を登山道入り口に倉庫代わりに置いていた。そこから荷物を小屋まで運び上げ、午後八時過ぎに中菰野の自宅に帰った。これが正巳の平日の日常生活になっていった。苦にならなかったし、それができることがむしろ嬉しかった。

　土曜日は一度家に帰り、それから小屋に登って行く。週休二日制になってからは金曜日の夜から小屋に行くようにした。

　当時の藤内壁を練習場にしていたクライマーは、藤内小屋の前でテントを張るか、近くのキャンプ場でテントを張った。土曜日は小屋に泊っていく人もあった。正巳は日曜日の夕方、山を下りて中菰野の家に帰り、翌日は会社に出勤した。

　今まで気がつかなかったが、働いてみて寸暇を惜しむように山に登って来る人たちの気持ちが少しわかるようになった。金曜土曜の夜遅く藤内小屋の前でテントを張り、藤内壁に取りつく人たちの気持ちもわかった。働きながら山に登る人たちの山の会、「労山」（日本勤労者山岳連盟）の存在を知ったのもこの頃であった。

「夜遅く小屋に着いても、おやじさんから文句一つ言われたことがない」と当時を振り返るクライマーが多くいる。その頃の正巳を知った人たちが。災害からの復興の時の大きな力になった。振り返ると「忙しかったけど、一番充実していた時」と正巳は言う。

そんなサラリーマンとの二足のわらじ生活を二十三年間送った。「凄いですね」と言うと、「私から小屋を取ったら何も残りません」と笑う。一九九四年、六十歳の定年一年前まで働いた。正巳にとってそれは当たり前のことであった。

元同僚たちは「職場で佐々木さんは山小屋のことは話さなかった。というより話さないようにしていたと思う」と言う。山小屋は週末だけ、と割り切っていたのだろうか。会社の行事にもよく参加し、社員旅行にも行っていた。職場のハイキングサークルにも参加し、その時は藤内小屋のオーナーとして人気があった。当時みんなも御在所岳に行くと必ず藤内小屋に立ち寄った。正巳はスキーもうまく、皆をスキーに連れていってくれたこともあったという。

もともと若い頃から正義感が人一倍強かった。頑固でなかなか自分の考えを曲げない人だったと振り返る職場の仲間もいる。

資材運び

正巳は藤内小屋を作った時から、裏に宿泊できる別館を建てることを考えていた。小屋の裏に平らなスペースを作りそこに土台の石組も作っていた。定年が近づいて、早く取りかからないと体力的にも厳しくなると感じ始めていた。

常連の面々と炭焼きに挑戦

退職してからは、会社勤めをしているつもりで資材の荷揚げから始めた。材木は菰野町内の材木屋から調達して、そこで製材して裏道登山道入り口の資材置き場に運んでもらった。藤内小屋にも材木置場を作った。設計図はないが、材木をどこにどう使うか正巳の頭の中にはインプットされている。入口の資材置き場から毎日のように小屋まで運び上げた。一回に六〇キロから八〇キロ、一日に四往復したこともあった。

正巳が毎日小屋にいるようになると、手伝いをしながら何日間も泊まりこむ人たちがいた。そのような人たちのことを正巳は笑いながら「小屋ごろ」と言う。小屋の仕事を手伝いながが、小屋でごろごろしている人

きらめく星座をあおぎながら皆で入る露天風呂は大人気

のことらしい。

この頃になると正巳と同年輩が定年を迎える。そんな人たちが藤内小屋に常時来るようになった。御在所岳の頂上に行くのでなく、彼らの頂上は藤内小屋であった。青春時代、山を愛しその後仕事が忙しくなり山から遠ざかっていた人たちが定年を迎え、時間的余裕もできてまた山に来るようになった。新しい登山ブームとして藤内小屋もにぎわった。

そのような人たちと炭焼き窯を作り、露天風呂を作り、「第二の青春を謳歌している感じ」と敏子は言う。「この頃は面白かったなぁ」と正巳は振り返る。この露天風呂を楽しみに来る人もいた。小屋に登って来る時は資材置き場から小屋までボッカ（歩荷）してくる人もいた。

「わいわいクラブ」や「藤内会」も活動を始めた。藤内小屋に集う人たちで、北アルプス山行きや、スキーを担いでカナダまで滑りに行ったこともあった。

別館を作る

退職から五年が過ぎ、大半の材木を担ぎ上げ、いよいよ二〇〇二年から別館新築に取りかかった。

二〇〇三年三月一七日ＣＢＣテレビで「怪物くん」が放映された。これはＣＢＣテレビのディレクター兼アナウンサー大園康志が制作したドキュメンタリー番組である。八カ月をかけて正巳を追いかけ撮影した。正巳の生き様が詳しく描かれている。

一九五五年第一次登山ブームが来る。正巳が藤内小屋を建てたのは一九五九年だから第二次登山ブームの走りの頃である。二〇〇三年から四年にかけては第三次のブームである。「怪物くん」が作られたのはこうした時であった。

番組最初の映像は、藤内小屋で常連と作った炭焼き窯の最初の炭出し。みんなとわいわい子どものように楽しむ正巳の姿。一方で正巳は毎日のように暗くなるまで材木の荷揚げをする。長年あたためていたる別館を建設の夢を実現するためである。御在所岳に「材木を担ぎ上げるすごいおっさんがいる」と大園が知ったのもこの頃であった。

大園は正巳の第一印象はまさに〝怪物〟だと思った。だが何度か会っていくと、子どものような心を持つ「怪物くん」と思えた。

木材を担いで黙々と裏道を昇る正巳の姿は名物となった

こんなやりとりがある。

「正巳さん、設計図はどこにあるのですか」

「僕の頭の中にある。四十年間あたためていた設計図、それに基づいて四十年間材木を担ぎあげているのだから」

「いよいよ今年から建築にかかる」正巳の眼は子どものように輝いている。

「この人はやる気が起きないとやらない。この分だといつできるか？　生きている間にできるかどうか」と敏子が明るく言う。

藤内小屋は敏子で持っている面もある。休みになると山登りでなく、正巳と敏子に会いに来る人たちがいる。また荷物運びから小屋の修理までして二、三日して帰っていく常連もいる。

藤内小屋に来ることが楽しみなのだ。

「僕は人生に区切りをつけたくない。百歳以上生きないと区切りがつかん」と正巳。

「心配ばっかり」と敏子。

登山道を整備しながら材木の荷揚げに精を出す正巳の姿が生きいきと描かれている。

別館が完成したのは二〇〇五年。番組が放映された後、敏子さんが次のような文章を書いている。


この人、佐々木正巳「怪物君」という見出しで、ＣＢＣのドキュメンタリー番組の、主人公として放送された山小屋のおじさんです。

全国から御在所岳の藤内壁をめざして、やって来るクライマーたちのため、発電機に使う（小屋には電気がきていません）ガソリン、宿泊者のための食料、日用品すべてを、肩に担いで、五〇分の山道を、約四五年間、通い続けた人です。

しかも、長年の夢であった小屋の建て増し用の材木を、定年を過ぎてからも精一杯担いで、もくもくと登っていく姿が、登山者の名物となり、ＣＢＣのアナウンサーにはその夕フさが、まさに怪物のように写ったのでしょう。

「コレも、あれも、俺が揚げたんだなぁー」と今では、若い頃を思い出し、感慨深げに話しております。

物置小屋と「一服亭」

藤内小屋別館ができ、正巳が次にやろうとしたのが、残った材木で倉庫を作ることだった。このことも既に頭にあったらしい。二〇〇五年七月から建設にとりかかった。

「この頃になると、ある程度別館建築に関わった人には任せるようになった」と松井良三は言う。

設計図は正巳の頭の中にしかなく、どのような建物を作るか口頭で話すだけである。

「こんな状況でよくみんながついて来たと思うかもしれませんが、別な意味で何でもやらせる正巳さんの人間的な魅力としか言いようがない。お陰で私はノミの使い方も覚えましたよ」

常連の中には電気工事ができる人、本格的な大工もいた。

今ここで四十年以上あたためていたものを吐き出している感じであった。

二〇〇七年七月、それでも二年がかりで倉庫と休憩所を作った。後に休憩所は「一服亭」として親しまれるようになった。すでに正巳は七十二歳であった。

藤内小屋五〇周年

正巳の人生には藤内小屋めぐって三つのステージがあったという。

第一のステージは、御在所山の家を手伝いながら藤内小屋を作り、小屋を住まいとして敏子と結婚。長女奈那子と長男洋一が生まれ、奈那子が小学校に行くまで。一九五九年から一九七一年までの藤内小屋での十二年間。

第二のステージは、中菰野の自宅から藤内小屋に土日は通い、そのほかの日はサラリーマンとして勤務した時期。一九七二年から一九九四年に五十九歳で退職するまでの二十二年間。

第三ステージは、退職してからの藤内小屋中心の生活。この間は小屋の整備と増築に向けての資材の荷揚げの時期。退職してからの正巳はウキウキしていた。本格的に動き出すことを考えると毎日が楽しかった。そんな二〇〇八年九月までの十四年間。

そして迎える二〇〇九年は、藤内小屋五〇周年の年であった。正巳はこのことを声に出してはあまり言わなかったが、心の中に描いていた藤内小屋が〝完成した〟という思いであった。小屋はモンベルハウスも含めて七棟になっていた。

自然は無常である。二〇〇八年九月二日、突然の大災害が見舞った。災害の直後、「俺の五十年が一瞬の内に流されてしまった」と正巳が語ったと新聞各紙が報じた。正巳の藤内小屋にかけた五〇年の夢を一瞬にぶち壊してしまった。敏子が言う。

「災害後は年月が経つにつれて体調がすぐれず、二〇一〇年に新しいモンベルハウスができて以降、足がふらつくと言って藤内小屋に行けていないのですよ。お医者さんは少し認知症も出ていると言っている」

災害後二週間ほど過ぎた頃、押しつぶされた小屋の廃材や壊れた器具などが廃棄されだした。小屋の脇にドラム缶で火がたかれ、廃材や廃棄物が焼却された。正巳も藤内小屋にあった衣類や汚れた本、資料をドラム缶に投げ入れた。その時、正巳を手伝っていたのが安澤好也である。安澤は正巳の遠い親戚にあたり、「ＮＰＯ法人みえ防災市民会議の北勢ブロック」の会員でもあった。衣類、山道具、書籍、布団等から残すものを仕分けして整理していた。

安澤は正巳が「これはいらん」といえばドラム缶に入れるしかなかった。残すものは一の谷の小屋に運んだ。山道具や布団、書籍など一日に何回か往復したこともあった。ドラム缶にもかなりの量、投げ込んで焼いた。その場の雰囲気から、正巳の言うとおりにするしかなかった。

正巳は災害後、小屋にあった藤内小屋に関する資料を燃やしている。敏子は言う。「災害後、しばらく小屋から持ち出した日記や資料を見ていたが、ある日ブツブツ言いながら、こんなもんいらん、こんなものもいらんと焼き捨てた。残しておいたらと言ったが、おれの藤内小屋は終わったと言って聞かなかった。私はあの藤内小屋の惨状を見て、耐えられないのであろうと声もかけられなかった」

神谷と奈那子

神谷清春は沖縄県生まれである。八人の兄弟の長男になる。かつて沖縄の学校では沖縄の言葉で授業行われていたが、神谷が学校に行く頃から授業は標準語で行われるようになった。学校卒業後、大阪で運送業の会社に就職した。いつかは沖縄に帰ると思いながらも、バイクに興味を持ち、休みになるとツーリングを楽しんでいた。

奈那子は三重県川越町の会社に事務職として働いていた。小さい頃からバイオリンを習っていたこともあり、四日市フィルハーモニーに入ってコントラバスを弾いていたが、父を見て育ったためか、何か物足りなさをいつも感じていた。

そんな二人が出会ったのが、それぞれが北海道にツーリングに行った時だった。旅先で知り合った二人は意気投合した。奈那子二十四歳の時であった。

二人は結婚して菰野町に移り住んだ。神谷はトラックの運転手。もともと器用なところがあり、今の家も奈那子と二人で建てた。神谷は沖縄に帰ることなく、菰野町の住人になった。藤内小屋の正巳と敏子の生き方を、いつも凄いと思っていた。

神谷は登山という意味では山に行ったことはなかった。災害が起きた時も父正巳の手伝いができればと思っていた程度であった。
災害後、藤内小屋に手伝いに行く中で、神谷は、なぜこんなに多くの人が支援に来るのかわからなかった。正巳のためなのか、藤内小屋の今後の利用のためなのか。あるいは支援者自身のためなのか。正巳は復旧を断念すると言っていた。神谷も、オヤジの年齢も考えると復興は無理だろうなと思っていた。

「山小屋カレー」

二〇〇六年一一月に放映されたＣＢＣ制作の「山小屋カレー」。この番組は多くの人に感動を与えた。これは正巳の両親佐々木正一さんと春江さん夫婦の御在所山の家での生活を追ったドキュメンタリーである。
次の文章は、久保田孝夫さんが「ふわく山の会」のブログに載せたものを了解を得て転載したものである。

この山小屋は御在所岳一の谷新道の入り口近くにある。旧名「近鉄御在所山の家」。二〇〇六年当時。ご主人、佐々木正一さん九四歳。妻の春江さん九二歳。山の家を二人で切り盛りする。無口で働き者の正一さん。頑固でおしゃべり、自分勝手な春江さん。老夫婦は半世紀以上もこの山小屋で暮らし続けてきた。二人のたくましい「老い」の日々を見ているると、老いることの本質は何かと考えさせる。

近くに住む子息の助けも借りず二人きりで小屋と生活を両立させている。この二人の生活を幾年もかけて追い続け、淡々と撮影されたドキュメンタリー番組。これが二〇〇六年一一月に放映されたＣＢＣ制作の「山小屋カレー」である。

ドラマは二人の日々を春や秋に追った。それが見る人の感動を呼んだ。この年一一月。アジア太平洋放送連合賞の最高賞、第一回放送文化大賞の準グランプリを受賞している。淡々とした暮らし、二人の会話は噛み合わない。妻がカップ麺のカップを出すと、「薬か」と聞きながら夫は湯を注いでやる。妻がビールのコップをつき出せば、夫は黙ってお付き合いする。

「山小屋カレー」は妻の自信メニュー。お客に遠慮なく手伝わせる。レトルトカレー、みりん出し汁、ソース、肉やら加えて煮込む。スパイスは妻が仕上げ最後に片栗粉を入れる。そのウンチクを客に得意そうに話す。夫はそれを嬉しそうに黙って見ている。二人とも耳が遠い。朝、オニギリを作る当番は夫、妻は口を出さない。それが山小屋のきまりだ。

テレビは音を消して画像だけ見るのが妻。今日は妻がお出かけ。美容院で髪をセットし、お嬢さんと洋服を新調する。高い買い物。昔はいつもオーダーメイドだった。「知らんうちに年をとったわ」。妻が帰宅した音を聞きつけ、夫はそっと出入り口に回り妻の荷物を受け取る。

秋、「明日はどうなるかわからん」と云いながら今日もお客さんを迎える。お客を山に送り出す。いつも二人きりの静かな家に戻る。寝具の天日干し、部屋内の修理、登山道の補修をする。ところがある場面から夫の正一さんが独りでカレーを作っている。あれほどカレー作りにこだわった妻の春江さんの姿が台所にない。夫は呟く「人間は、倒れるまで働かな、あかんでな……」。カメラがゆっくりと棚の上にある妻の春江さんの若き日の遺影を映す。それからも、夫は黙々と山小屋を守る。いつもまるで変わらない。柔らかい緑の中……。

このドキュメンタリー番組は「老い」をテーマにしながら、老いの悲惨さがない。ユーモアにあふれており、佐々木さん老夫婦の何気ない会話に思わず微笑みが沸いてくる。見終わった後も実にさわやかな空気が胸に残った。残念ながら二〇一〇年正一さんは亡くなられた。享年九九歳。

（二〇〇六年・久保田孝夫）

「怪物くん」と「山小屋カレー」という二本のドキュメンタリーを作ったＣＢＣ報道部の

大園さんも一文を寄せてくれた。

ドキュメンタリー『怪物くん』と『山小屋カレー』

ＣＢＣテレビ報道部プロデューサー　大園　康志

三〇代半ばから三九歳の間のアナウンサー時代での話です。

当時、夕方のニュース番組、『ＣＢＣ土曜ニュースワイド』のキャスターをしていて、取材・編集・放送までの全てに関わりたい気持ちがむくむくと湧きあがっていた頃でした。愛知県春日井市でアイゼン製作メーカー『カジタックス』を営む梶田民雄社長を取材する中で、「製品テストは御在所岳の藤内壁でやります。その時の定宿は藤内小屋です」ということで、正巳さんと敏子さん夫婦に出会うことになりました。聞くと「自分で運んだ木材で小屋は作った」と話す正巳さん。「小屋の裏には別棟の基礎までは作っているので、上はぼちぼちとやっていくわ」と、右肩に柱をかつぎ悠然と登山道を進む姿は、まるで戦艦。一方、敏子さんは「お父さんは突然切れるで、かなわん」と気質について苦笑いしながらも体のことを心配している様子。きっと結婚は、正巳さんが強引に申し込んだのだろうと思いきや、真逆。「私から飛び込んだの。でも、小屋に惚れただけ…」。そんな夫婦が醸し出すハーモニーが、実に心地良かったことが今でも強く印象に残っています。

そして、小屋に集うヤジさん、松井さんといった〝名バイプレーヤー〟の皆さんに時に撮影機材を運んで頂きながら完成した番組の一つが、正巳さん主人公のドキュメンタリー『怪物くん』です。当然、別棟の完成の日をもってクランクアップとしたかったのですが、「いつ完成するのか、さっぱりわからんわ」と作る本人。私の我慢の限界も早々に訪れ、完成前の放送となりました。

その後、二〇〇四年から二〇〇六年まで様々な形で世に送り出した番組『山小屋カレー』の制作も大事な思い出です。有難くも国内外の様々な番組コンクールで表彰されました。

主人公は、正巳さんの両親・正一さんと春江さんです。『怪物くん』の中にもちらりと登場したお二人は、強烈な印象をテレビの向こう側に残しました。足かけ三年、二人の営みを記録しましたが、残念ながら、エンディングは春江さんが亡くなったことを静かに受けとめる正一さんのシーンです。放送はしませんでしたが、冷静沈着な正一さんが私の前で涙を浮かべながら「まだ生きてるようや」と話され、三重大学病院に献体することを決めていたのに火葬することに心変わりしたことは印象深い出来事でした。余談ですが、振る舞うことが大好きだった春江さんに無理やり持たされた正月用の餅は、いまでも我が家の冷凍庫に保存しています。放送からすでに一〇年が過ぎましたが……。

現在、藤内小屋は正巳さんの娘夫婦の神谷家がつないでいます。お父さん夫婦とも、おじいちゃん夫婦とも違う二人のハーモニーが、訪れる登山客を優しく包み込んでいることでしょう。私も五一歳。いいおっさんになってしまいましたが、またお邪魔します！

そして、本章の最後は、敏子さんの書いた「藤内小屋を取り巻く人たち」でしめくくりたい。

藤内小屋を取り巻く人たち

鈴鹿アルパインクラブ

佐々木正巳の祖父に当たる佐々木角蔵（当時御在所近鉄山の家のオーナー）が初代の会長となり四日市、桑名、鈴鹿とその近郊の人たちが中心に創立した山岳会です。

一時は総勢一〇〇人を超し、県内外からもたくさんの会員が集い、活気を帯びていました。中でもロッククライミングなどでは、卓越した腕の持ち主も数人いて全国的に知れ渡っていた時代もありました。現在は野呂邦彦氏が会長で現役三十名ほど、地元の鈴鹿の山々の整備や遭難救助などに活躍しています。
藤内小屋との縁が深く、小屋としても日頃、何かとお世話になっている山岳会です。

菰野山岳会

御在所岳の麓、菰野町に昭和三四年に創立されました。五年後に裏道登山道沿い、二合目付近に会の小屋が建ちました。藤内小屋の佐々木正巳、日向小屋の梅田浩生も会員です。地元藤内壁で鍛えた腕を全国の山々、また世界の山でも発揮していました。現在活動人数は少なくなりましたが、地元鈴鹿の山の清掃や遭難救助に活躍しています。会員の中には世界的なアルパインガイド増井行照氏がいます。

ひめつつじ山の会

御在所岳の頂上にあった「ヒメツツジ」という喫茶店に集まる常連で作った山岳会で、藤内小屋とも親しくしている人が多かったので、三十年前に「ヒメツツジ」が閉店したのを機に小屋を利用する様になった。
会の中に「アートクラブ」があって九月～一〇月にかけて一カ月間小屋の前で青空展示会を

行っています。小屋の災害時、一時中断がありましたが今は再開されています。皆さんに災害から復興に向けて、ずいぶんお世話になりました。

高田光政

藤内小屋始まって以来の常連客で後に「ヨーロッパアルプスの三大北壁（アイガー北壁、マッターホルン北壁、グランド・ジョラス北壁）日本人初登攀」として世界的に有名になった名古屋出身のアルピニストです。

御在所岳の藤内壁でクライミングの腕を磨き、心身を鍛え、並々ならぬ訓練の末、快挙を成し遂げたのです。

小屋ではいつも酒を飲みながら、みんなを面白おかしく楽しませる人でした。三大北壁登攀はテレビを囲みながら彼の快挙をみんなで涙して喜びました。

現在、京都で山道具の店を営み、有名なドイツの山靴「ローヴァ」の輸入元として有名です。小屋の災害の時、大きな援助を頂き感謝しています。

自衛隊の皆さんありがとう

三トン以上あると思われるような大きな石が何とコロンと動いたのです。凄い！やっぱり自衛隊です。訓練の賜物だと皆で感心したものです。災害の際の後片付けなどで自衛隊の皆さんが一生懸命働いているのを見るにつけ、心の中でご苦労様ありがとう……といつも叫んでいました。

藤内小屋の後片付けにも三、四カ月にわたり休日返上で来て下さいました。隊からの指令ではなく、個人で集まって毎週来て下さり一般の人ではできないようなことを次々と片付けて下さり、どんなに助かったことか、皆で感謝、感激でした。

藤内壁での訓練に四十五年間、毎年通って下さった自衛隊の皆さん、小屋での三日間、昼間は厳しいながらも夜になると小屋の露天風呂に入り、ビールを飲み、前のベンチで星空を仰ぎながら、故郷を想ったり家族のことを想ったりしていたのでしょうか。いつもおばあちゃん、おじいちゃんと言って親しくして頂きました。また、大きな白い紙に隊員の寄せ書きを頂き、涙が出てしまいました。

「懐かしい藤内小屋」「第二の故郷藤内小屋」「一日も早い復旧を」「おばあちゃん、おじいちゃんいつまでも元気で」……。二十歳そこそこの、孫のような自衛隊員の面々です。私はこの子たちを絶対戦地なんかへ行かせて無駄死にはさせないぞ、と心に誓ったものです。

天狗の踊り場

御在所岳、裏道沿いの藤内小屋より約二〇〇メートル登ったところに兎の耳（テント場）があります。その直下右側（登山道から見えない）に通称「天狗の踊り場」という二～三メートルもあるような石がゴロゴロと五〇〇～六〇〇坪くらいの広さで転がっていて、天狗がその上をピョンピョン飛びながら踊り遊んでいたのではないか、と思われるような場所です。裏道登山道から少し離れていて、上を仰ぐと藤内壁がよく見え、左側は御在所岳中道に続く急な斜面となっていました。静かな場所で、よく壁から降りて来たクライマーたちが一休みしながらヨーデルを歌ったり、ハーモニカを吹くなどして疲れを癒していたところです。

いつの頃か、その一角に藤内壁で遭難した若者の碑ができ、その後、森林組合の許可を得て次々と御在所藤内壁をホームグランドにしながら今は亡き人の碑が立ち、安息の地になっていきました。

御在所豪雨の災害で、それらの石や岩も根こそぎ流されてしまい、天狗の踊り場もなくなりました。長い森林帯もなくなり、今では「兎の耳」から藤内小屋直下までが一つの河原となってしまいました。

第三章　復興――なんくるないさ

猪飼メモ

藤内小屋、災害と復旧の記録　　猪飼俊彦

二〇〇八年（平成二〇年）九月二日集中豪雨により壊滅的被害を受けた。

当時、藤内小屋のあるじ、佐々木正巳氏は再建を断念。しかし、山岳会のメンバー、自衛隊員（彼らは貴重な休暇を復旧作業のために駆けつけてくれました）、一般登山者、多い時は一〇〇名を超える人達が小屋の片付け、登山道の修復にボランティアとして集結して働く姿に再建を誓う。

このような出だしで始まる「猪飼メモ」に写真が添付された小冊子が藤内小屋に残されてい

た。記録としては、この猪飼メモが唯一と言える。これに基づいて藤内小屋の再建状況を見ていこう。

九月六日土曜、災害後初めての週末である。

奈那子は正巳、敏子の話から週末にはかなりの、応援者が来るのではないかと思っていた。

六日、早めに神谷と藤内小屋に向かった。

正巳と敏子も朝早く藤内小屋に向かった。正巳はかなり疲れていた。小屋に着くと、既に小屋の前には顔見知りの人たちが来ていた。正巳は藤内小屋の災害状況は何度も見ているが、どこから手をつけて良いかわからなかった。集まった人たちに、何と指示をして良いかわからなかった。支援者が思い思いに片付け出した。「おやじさん、これはどうしよう?」「これはこのようで良いか」と聞いて来ることに対応する状況であった。

午後になって三重県山岳連を中心に御在所岳、裏道登山道の被害状況の調査のために登ってきた。鈴鹿アルパインクラブの野呂や保坂もいた。村山俊司も状況説明に参加していた。マスコミも同行して総勢十五名程だった。

正巳は疲れた中で、マスコミ各社の質問に「もう藤内小屋の再建は無理だ」と答えた。このことが七日の新聞各紙に一斉に報道された。

名古屋市で歯科医院を営む猪飼は藤内小屋に思いを馳せていた。山との出会いはM高校に入って友達に誘われるまま、山岳部に入った時からである。名古屋からの手頃な山が御在所岳をはじめとする鈴鹿の山々であった。

いつも藤内小屋の前を通ってテント村に行った。そこから国見峠を通って、御在所岳に行くコースだった。それが山との付き合の初めである。当時の藤内小屋は新築したばかりであった。大学に入ってからの山行きは北アルプスが中心となったが、トレーニングとして鈴鹿の山は最適であった。藤内小屋にもよく行った。

歯科医を開業してからは、多忙で山行きが少なくなった。子どもたちが小学校に入った頃から、土日になると懐かしむように御在所岳に子どもたちと登った。時には妻も一緒に行くようになり、正巳夫妻とも親しくなった。子どもたちが親元から離れる頃になると妻との山行きが多くなった。藤内小屋には猪飼のような個人の他、鈴鹿アルパインクラブ、ひめつつじ山の会を始め、学校山岳部や社会人の山の会の人たちが多く来ていた。岩登り専門のロッククライマーも来ていた。

災害後、藤内小屋のことはテレビや新聞で知っていたが動きが取れなかった。九月七日は日曜日である。この日、朝早く車を走らせ、藤内小屋に向かった。冬の間、閉じられているゲート前にみんなが集まっていた。顔見知りもいた。藤内小屋へと急いだ。
藤内小屋に着いたのは午前十時頃だった。既に二十人以上の人が来ていた。正巳、敏子に声をかけたが、言葉が続かなかった。

九月十三、十四、十五日は三連休である。この間、新聞各社をはじめマスコミで御在所岳の裏道登山道の被害状況、藤内小屋や日向小屋の被害状況が写真入りで報道されていた。中菰野の正巳の家には常連客、藤内小屋の利用者から毎日のように災害状況の確認の電話があった。簡単な挨拶はするが後が続かない。新聞報道で、正巳が藤内小屋の再建をあきらめたと報道されていたからである。
娘婿である神谷は、毎日毎日どうしてこんなに多くの人が支援に集まってくるのだろうと不思議に思った。正直わからなかった。ただ正巳に声をかけている感じから、マスコミの報道を見て心配して来ていることは理解できた。この三連休にはさらに多くの人が来た。
正巳と敏子は小屋の前で常連や顔見知りの対応に追われていた。このひどい状況に、どこから手を付けようか、時々呆然と石に座り、煙草を吸いながらたたずむ正巳の姿があった
重機もなく手作業の人海戦術が始まっていた。母屋の前には流されてきた樹木が山のようにあった。まずそれを取り除くことから始まった。土石流に根こそぎ流された生木は重い。登山

道もはっきりしない。人が通れるように道を作っている人もいる。巨岩、巨木は後回しで片付けられるものから取り掛かった。午後になってさらに応援隊が増えた。

自衛隊の人たちも来ていた。藤内壁は自衛隊のレンジャー部隊の訓練の場として、毎年三〇人ほどの隊員が藤内小屋で合宿していた。被災状況を聞き、今まで藤内小屋訓練に参加した隊員が、休暇を利用して復興に参加していた。

みんなが黙々と後片付けをしているという感じであった。正巳も少しずつ指示を出しはじめた。敏子と神谷夫婦はマスコミや藤内小屋の常連客の対応に追われていた。

猪飼も不思議に思った。今日来ている応援の人たちは初めて見る者も多くいる。たぶん藤内小屋が気になって駆けつけたのだろう。みんな正巳や敏子に挨拶もほどほどに、勝手知ったる我が家のように黙々と雑木や土石を片付けていた。誰が指揮をするのでなく、正巳や敏子に声をかけながらやっていた。

この日の藤内小屋の状況とボランティアの状況が、翌日の新聞に大きく報道された。

猪飼のメモには次のように書かれている。

数トンもある巨岩や直径五〇～六〇㎝の樹木が流れ出し小屋を襲う。

新築間もない一服亭は二〇メートルほど水平移動して?.崖下に押し流された。

新館の一階部分は、ほぼ全壊、一メートル以上も基礎からずれて捻じられた状態。
小さなログハウスは影も形もなく流出。
母屋は何とか形だけは保たれて建っているものの、あちこちに損傷が……

乱れ果てた台所

藤内小屋の前は裏道登山道になっている。藤内小屋はハイキングコースとして家族連れに親しまれていた。

小屋の前からの見晴らしはすばらしく、ここで登山者は一服していく。二〇〇七年に作られた小屋の休憩場所を誰となく「一服亭」と呼ぶようになった。藤内小屋は御在所岳の登山者が一服する休憩場所なのである。

この「一服亭」には鍵が掛けられていなかった。正巳は「平日小屋に誰もいない時がある。ここで休憩すればいい。夜遅く来た時などここを利用すればよい」と言う。これが正巳の気持であった。

藤内小屋を愛した一人に兵庫の松井がいる。松井は勤めていた会社の転勤で名古屋に単身赴任して来ていた。当時四十代前半であった。若い頃から山行きはやっていたが、歳とともに仕事が忙しくなり行けなくなっていた。

名古屋への転勤を機会に山行きを始めた。その頃には子どもたちも大きくなり、また単身赴任ということもあって、兵庫に帰らない週末は鈴鹿の山に足を運んだ。いつの頃か正巳とも親しくなり、松井は正巳のことを「おやじさん」と呼ぶようになった。藤内小屋に行くことが松井の喜びになった。

荷揚げを手伝うようになり、正巳のやっていることが手に取るようにわかるようになった。また正巳と同じことができることが喜びになった。鈴鹿スカイラインの荷揚用の置き場から松井は「勝手」に荷揚げをしていた。正巳は松井のすることには何も言わなかった。

藤内小屋は自家発電である。燃料の重油はここから荷揚げしていた。重油は重く正巳しか持ち上げられなかった。藤内小屋は節電はしていたが消灯はなかった。正巳自身も遅くまで本を読んでいたこともあった。松井は、消灯時間を設けてはどうかと言ったことがある。

「いいんだよ。みんな金曜日まで働いて小屋に来るので、気持ちよく過ごさせてやればいいんだ」

松井が転勤で神戸に帰る時、もう藤内小屋に来れないことを思い、うつ状態になったことがある。正巳は、荷物を小屋に待ってきて土日や休日に神戸から来れば良いではないかと言った。

松井は単身時の荷物を神戸の自宅ではなく、藤内小屋に運んだ。そして神戸から、休みになると藤内小屋に通うようになった。

当時藤内小屋に来る登山者は、働きながら山に登る人が大半であった。特に岩登りの人たちは土日になると目一杯岩をやって時間を惜しむように帰っていった。そのような人たちが藤内小屋の災害を聞いて応援に駆けつけた。

思い出の品が河原で次々と燃やされた

自然もすごいが、人間の力はもっとすごい

応援に来た人たちによって、被害の状況の深刻さが山仲間に発信されていった。

渡辺香泉も、佐々木夫婦と藤内小屋が気になっていた一人である。香泉は菰野町の隣町の大安町のお寺のおかみさんである。敏子とは二十歳頃からの長い付き合いであった。

しばらく忙しく、やっと時間が取れた。九月一四日、車で三〇六号線を走らせ、菰野庁舎近くまで来た時、御在所岳を見て驚いた。御在所ロープウエイの谷側にある裏道登山道が白い川のように見える。あせる気持で鈴鹿スカイラインを急いだ。

日向小屋の姿は新聞報道で知っていたので、驚くまいと思っていたが、目の前で見ると身震いがした。床がえぐられている。宙に浮いている感じである。遠くから見えていた白い川は石の河原であった。日差しに輝くような白さで、それが藤内小屋まで続いていた。

正巳や敏子になんと声をかければよいのだろうか、そんなことを考えながら登った。藤内小屋の入り口で敏子に会った。思わず「ご無事で何よりでした」、これが最初に言えた言葉だった。かなりお疲れになっているだろうと想像して登ってきたが、常連客や仲間の応援を受けて正巳はいつものように作業の陣頭に立っていた。香泉は安心した。

落胆の色を隠せない佐々木ご夫妻

五十人以上の支援者がいた。みんな小屋の前の小石や流木を片付けていた。

常連客や鈴鹿アルパインクラブ、ひめつつじ山の会の人たちも多く来ていた。みんな正巳が「小屋の再建は無理だ。廃業だ」と新聞で報道されていたことは知っていた。香泉もそのことについては切り出しかねていた。

（猪飼メモ）
小屋に押し寄せた土石流
周辺の巨岩、巨木の山が……
重機が持ち込めないので、すべて手作業でやらなければなりません。
とにかく少しずつ作業しましょう。

正巳は自分から作業の指示は出さなかった。この状況をどのようにするのかという見通しが持てなかった。再建は無理だと正巳の言葉としてマスコミに報道されていたので、このままでしょうがないのかという心境だった。

作業の途中で親しい常連客に、「どうするんや、この小屋壊すのか」と問われ、再建の自信はないが壊すと言うのも辛かった。

「壊すのであればそのように片づけていくけど」

正巳は答えられなかった。

「おやじ、どうするや」とまた問われ返事に困っていた。

神谷は傍らで聞いていた。オヤジの年齢で小屋の再建は無理だろうと思っていたが、しばらくして、

「小屋として使えるものもあるし、そこはわしが使うのですべて壊さんといて」

「神谷さんが使うのか」

「……」

「神谷さんが小屋を引き継ぐんか」

「……」

この言葉が、「藤内小屋を正巳の娘婿の神谷が引き継ぐことになった」と一人歩きしだした。

家に帰り、神谷はこのことを奈那子に言った。

「藤内小屋を引き継ぐとは言ってない」

奈那子は「そんな風に言ったら、引き継ぐということになるわ」と言った。

この時、神谷は「なんくるないさ」(沖縄の言葉「どうにかなるさ」)、成り行きに任せるしかないと腹をくくった。自分では引き継ぐとは言っていないけれど、ただあの場合、そうでないと支援に来ている人やボランティアの人に申し訳ないという気持ちが強かった。

神谷は、ボランティアの人たちの活躍はすごい。自然の力もすごいけど、人間の力はもっとすごい、と思った。

奈那子も最近、子どもに手がかからなくなったし、藤内小屋を壊すのはもったいないと思いはじめていた。奈那子にとっては生まれ育ったところである。しかし奈那子からは言い出しにくかった。

　これをきっかけに藤内小屋再建に向けて一気に動き出した。マスコミも「藤内小屋再建の方向」と報道した。

　その後、正巳のところにも「お世話になった山小屋の力になりたい」と常連客や山岳連盟のメンバーから問い合わせやカンパが寄せられるようになった。

　この状況に奈那子は常連客やボランティア、支援者がさらに増えるのではないかと思った。これでは事故が起こりはしないかと心配だった。鈴鹿アルパインの野呂や保坂、ひめつつじ山の会の小川正明からは、ボランティアの保険の必要をアドバイスされていた。

　一〇月から通常は閉鎖されるゲートを支援者の受付とした。ゲート前でボランティア参加者の確認を行い、ボランティア参加者は「ボランティア保険加入」の用紙に氏名と必要事項を記入する。保険は藤内小屋が申し込み、保険料は小屋が負担する。登録は最終的に二〇〇名近くになった。保険を使うような事故は起こらなかったことが幸いであった。

　また一〇月から「藤内小屋・支援者　関連情報」のウェブサイトを立ち上げ、藤内小屋・復旧作業状況を知らせていった。

　組織的な体制も整い、復旧作業は機能的に運営されるようになった。事務局的な仕事は奈那

ボランティアの皆さん、自衛隊の皆さんが復興の大きな力となってくれた

子が引き受けた。

母屋の前は石と雑木を取り外し、広場とまで行かないがベンチも置いてスペースを作った。支援者が登山道を登ってきて、まずそこで一服、休憩するところである。

九月の下旬から一〇月にかけてさらに支援の輪が広がってきた。休日には五〇人から一〇〇人になることもあった。自衛隊員の有志による支援活動は大きかった。基本的に重機が使えない状況の中での作業なので、彼らのアドバイスと支援は大きな力となった。

一〇月に入り、鈴鹿アルパインクラブ副会長、保坂光広らが呼びかけ人になって、義援金の募金活動を始めた。奈那子は、支援カンパの状況がわかるように藤内小屋の前に金額を表示するようにした。

（猪飼メモ）
小屋内に堆積した土砂、大きな岩や根っこを運び出す。
手動式のウインチとバールで邪魔な岩を取り除きます

迷彩服に身を包んで自衛隊員
彼らのパワーは頼もしい！

こんな作業が延々と続き、少しずつ
危険な岩や木の幹が登山道や小屋の周辺から
取り除かれていきました。

一〇月に入り雑誌「山と渓谷」に藤内小屋の被害状況が掲載され、関西や関東でも藤内小屋の災害状況が知られるようになった。
京都岳連などの応援もあって、鈴鹿アルパインクラブが中心に裏道登山道の補修や梯子《はしご》や丸木で仮橋が設置されていった。危険な登山道には別ルートを作った。当初藤内小屋までの旧登山道が使えるのは三割程度であったが、徐々に復旧していった。危険箇所にはペンキで印を付けた。ベランダと呼んでいた母屋の前の広場が整備されてきた。

応援隊の人たちはみんな日帰りである。昼食の時がこのベランダで和んだ雰囲気になる程度で、後は黙々と作業している状況であった。日没も早くなってきた。「すぐ暗くなる。早めの下山」と看板を立てた。

登山口から藤内小屋までの登山道は仮橋も含めつながった。九月二八日の休日には京都、大阪、滋賀などの山岳連の呼びかけで約七〇名のボランティアが集まり、この日、頂上からの登山道も整備され、山頂までの裏道登山道がつながった。

「モンベルハウス」再び

登山用品メーカー「モンベル」の会長辰野勇は、藤内小屋の惨状についてマスコミの情報や山岳雑誌「山と渓谷」で状況は知っていた。災害後、何度か正巳にも電話をして、状況を聞きながら激励をした。モンベルハウスが流されたことも知らされていた。

辰野は、一九四七年大阪府堺市生まれ。いつかアイガー北壁の登攀を夢見、高校時代は大阪からよく藤内小屋に来て岩登りをしていた。藤内小屋の前でテントを張り、岩をやっていた辰野を正巳、敏子はよく覚えている。

高校を卒業後、知人の紹介で名古屋のスポーツ用品店に就職した。休みの日になると藤内壁に通った。ある時、藤内壁の岩から転落し歩けなくなった。その場にいたクライマーが藤内小屋まで運んで、そこからは正巳が背負って病院まで連れて行った。そのことが忘れられない恩義となっていた。

辰野は一年半後に父親を亡くし、大阪に帰ることになった。そして大阪で山の会「あなほり会」を作り六甲のロックガーデンや御在所岳の藤内壁を岩登りのトレーニングの場としていた。一九六九年、アイガー北壁を最年少登攀。二十一歳の時だった。一九七五年には「モンベル」を設立した。辰野は起業して間もなく藤内小屋に小さな山小屋「モンベルハウス」を贈った。そのモンベルハウスが流されたことを知り、辰野にはある思いがあった。

二〇〇九年一月、辰野は藤内小屋を訪ねた。災害から五カ月経過していたが、まだひどい状況だった。三〇人宿泊できる新たなログハウスを寄付したいと正巳に伝えたのは、この時だった。これが復興を急ピッチに進めることになる。

流木や大きな石は取り除かれていたが、三十人泊まれるようなログハウスを建てるスペースはなかった。神谷はまず小屋の前を整地して前のモンベルハウスの所に敷石をし、スペースを作ることから始めた。支援者も方向が決まると、みんながそれぞれの役割を果たしながら力が湧いてきた。

敏子は正巳が時々考えこむようなしぐさをしながら、言葉少なになっていることが気になっていた。医者からは血糖値が高く糖尿病の気があることを指摘されたが、他には特に悪いところはない。時々うつ状態になっているような気がしたが、その気持もわかり、特に何も言わなかった。

一月三日は例年藤内小屋で行われていた餅つき大会の日である。

今年も神谷を中心に行うことにした。一月、二月は冬期の藤内壁クライム訓練ということで、藤内小屋の宿泊は無理であったがテントを持ち込み、いつものようにクライマーは来ていた。

辰野は八月三〇日を資材荷揚げの日とすることを正巳に伝えた。ボランティアの受け入れ全般は奈那子が対応に当たっていた。まず正巳と相談して、七月五日を藤内小屋の地鎮祭と決め、まずそれに向かって動き出そうと考えた。モンベルハウスの地鎮祭ということもあるが、昨年の災害から新しい藤内小屋を再建するための地鎮祭という意味でも盛大にやりたいと奈那子は思っていた。

餅つき大会の様子

地鎮祭に向け、みんなが動き出した。五月の連

休には御在所岳登山者が例年以上に来た。災害後初めて来る人も多かった。藤内小屋の前には義援金カンパ箱が置かれていた。まだ痛々しいツメ跡が残る藤内小屋の再建に向けて多くのカンパが寄せられた。

「災害義援金カンパ帳を持ってお願いに行き頂いた金額も多かったが、一般の登山者の方から藤内小屋の前で頂くカンパの額が多かったのには本当に驚いた」と奈那子は言う。今年に入って支援者がさらに増えていた。そして再建に向けての義援金カンパも増えてきた。

地鎮祭に向けて、祭壇を持ち上げ飾りつけも行った。そして七月五日、広幡神社の神主に来てもらい地鎮祭を盛大に行った。

正巳はこの頃になると、神谷と奈那子が中

心になってやってくれることに安心していた。災害後は体調がすぐれなかった。多くの常連や山仲間が来てくれ、みんなの中に「さぁ、これから再建に向けてスタートだ」という気持があった。そのことが正巳には嬉しかった。

荷揚げの日

奈那子と神谷は八月三〇日に照準を合わせ、正巳と敏子に相談しながら進めて行った。そしてモンベルハウスの資材荷揚げの日を迎えた。

辰野はモンベルの社員を含めて二、三日もあれば裏道登山道から藤内小屋まで運び上げられるのではないかと考えていた。奈那子は、ボランティア、山岳会、休日を利用して来る自衛隊員らにお願いした。鈴鹿アルパインクラブ、ひめつつじの会の人たちも応援を声かけしてくれた。

資材は裏道登山道入口に積み上げられていた。奈那子は、はたしてどれくらいの人数が来るのか、ある程度は来るだろうと思いながら心配だった。辰野は初日の状況を見て今後のことを考えようと思っていた。

当日、辰野も奈那子も驚いた。

（猪飼メモ）

二〇〇九年夏の終わり、モンベル社寄贈のログハウスの資材を運び上げる日。ここでも自衛隊員のお世話になりました。モンベル社の社員、自衛隊員、一般登山愛好家など三〇〇名近い人数で人海戦術。

トラックから降ろした一棟分の資材（十数トン）

集合時間の八時には既に人だかりができていた。奈那子はその集まり状況を見て、まずほっとした。正巳と神谷は、その数のあまりの多さに驚いた。

鈴鹿アルパインクラブの野呂、保坂もいる。菰野山岳会、遠く関西の山岳会の人たちもいる。災害時に駆けつけてくれた東海高校山岳部ＯＢの人たちもいる。災害直後から大活躍のヘルメットにカーキ色のシャツを着た自衛隊の人たちもいる。全部で三百人以上いるのではないか。

奈那子は事故に備えて保険加入の手続きを取ることを忘れなかった。

全体の指揮は辰野が取った。全員を十五班に分け、そこに自衛隊、山岳会、モンベル社員、個人参加のボランティアを一定の距離に配置し、バケツリレー方式で資材を手渡すように運びあげる作戦を取った。運び上げる資材は全部で十五トンはある。

八時三〇分、作業が始まった。「みんなの力で藤内小屋が再建される」、心の中で喜びと期待が一つになった。「これが本当のボランティアなのだ。言葉でわかっていたがボランティアとは喜びなのだ」ということをみんなが体感した。松井は阪神淡路大震災のボランティアも経験したが、これほどそのことを直接的に体感したことはなかった。

作業は、作戦通り順調に進んだ。リレー方式の運搬は思った以上にスムーズに行った。特に急な坂道では若い自衛隊員が材木を担ぎ上げた。

モンベルの社員は総出で百人近くが来ていた。辰野は、そこを中心にしてだいたい三日もあればどうにかなるだろうと思っていた。

（猪飼メモ）

下から小屋まで一五班に分けてリレー方式で木材を運び上げる。

老若男女、美女も野獣も黙々と働き、夕方終了の予定を大幅に短縮。

お昼にはすべてを運び上げてしまいました。

人海戦術大成功！

小屋前で万歳三唱！！！

あとは組み立てるだけ。

昼前にはほとんどの資材が運び上げられた。正直、辰野は驚き感動した。辰野はみんなに「岳人も力はある。うちの社員も平均以上の体力はある。が、自衛隊員の力が大きかった」と述べ、万歳を行った。

神谷はみんなの前で、「皆さんのお陰でやっとここまでこぎ着けることができました。ありがとう、まだまだこれからです。よろしくお願いします」と感謝を述べた。

九月二日の『毎日新聞』は「二〇〇八年の集中豪雨から一年この間、延べ二〇〇〇人以上の登山家、ボランティアが再建を手伝った」と報じた。その中で正巳は「常連さんが応援してくれることはとてもうれしく、力強い。再び青春が始まったような前向きな気持ちになった」と喜びを伝えている。

辰野は九月からログハウスが組み立てられ、一一月には新しいモンベルハウスができ上がるのではないかと考えていた。

「山小屋　恩返しの再建」という見出しで九月一一日の『朝日新聞』が報じた。記事の中で辰野は「アイガーに登れた原点は藤内壁。モンベルも大きくなり感謝の意味を込めて支援させてもらった」と話した。正巳は「一時は失意のどん底で復興はできるとは思っていなかった。辰野さんをはじめ、皆さんには感謝の気持を通り越した心境で、夢のようです」と語っている。

建築場所の整地はされていたが、設計図の読み込みに時間がかかった。

藤内小屋「モンベルハウス」荷揚げ
平成21年8月29日～30日（'09）
1/2

2/2

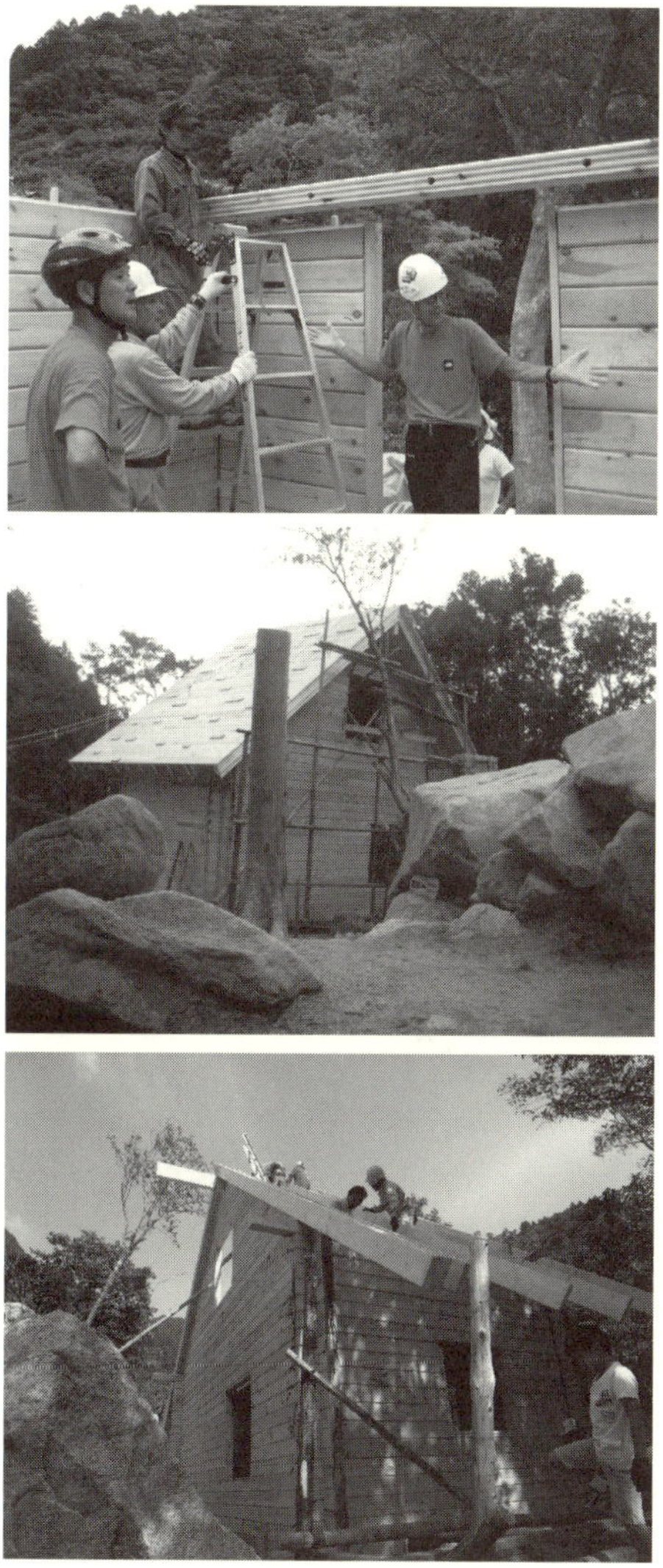

２代目「モンベルハウス」の建設

九月に入り気心の知れた常連で組み立てを始めた。九月、一〇月は土台部分で、ある程度順調に進んだが、一一月に入り屋根の部分になると、人手の大半は日帰りであり日没も早く、思うように行かなくなった。一二月にかけて雪の気配もあり、年内の完成は困難な状況になった。

みんなの盛り上がった気持を維持するため、神谷と奈那子は忘年会をしようと提案した。

一二月一二日、藤内小屋は使えないので菰野町内の松風荘で忘年会が行われた。子どもも

ばんざ〜い!　完成したモンベルハウス

含めた家族たちが集まり、笑いあり歌あり、和気あいあいの楽しい時を過ごした。最後に神谷が「藤内小屋復旧工事ありがとうございます。皆さんのお陰で目途が立ってきました。来年、早々モンベルハウスの建築に取りかかりますので、よろしくお願いします」と結んだ。

年が明けた二〇一〇年一月三日、恒例の藤内小屋での餅つき大会を盛大に行った。一月に入り雪が降りだした。雪がなくなる二月の終わり頃から一気に組み立てを始めることをみんなで確認した。

（猪飼メモ）

この組立作業、意外に難航して、半年以上かかったが、やっと二〇一〇年四月に完成。関係者が集まってささやかなセレモニーが開かれ、営業再開第一歩を祝いました。

鯉のぼりも嬉しそうに泳いでいました。

二〇一〇年四月四日、災害から一年七カ月ぶりに「藤内小屋」が営業を再開した。登山愛好家らが集まり再開を祝った。

ボランティアを代表して保坂光広が「この小屋を拠点に藤内壁でまたトレーニングができる。再開というみんなの夢が実現してうれしい」とあいさつして、小屋を再開させた神谷と奈那子にお祝いの花束を贈った。神谷は「週末のみの営業ですが三十人は宿泊できます。皆さん本当にありがとうございましたと」とお礼のことばを述べた。

読売新聞「幸せの時間」で連載される

『読売新聞』は毎週日曜日の「幸せの時間」欄に、六月二〇日の週から六回シリーズで「藤内小屋の災害から復興まで」を特集として掲載した。

第四章　山小屋のおばちゃん　佐々木敏子の五十年

（文・佐々木敏子）

思いがけない出来事

私は東京で生まれ、幼少期は自然が好きな父親だったせいでよく秩父の山や奥多摩にキャンプに行きました。自然に接する機会がたくさんありました。

その後、父の転勤で神戸に二年間住んだ時のことは記憶になく、やがて三重県鳥羽に転勤になりました。私が小学校に入った頃、父は鳥羽駅前にある日和山から二見まで、よくハイキングに連れて行ってくれました。途中商船学校まで来ると「父ちゃん、えらいよー」とごねたものです。母親の作る「日の玉饅頭」がいつも弁当代わりでした。

松阪に引っ越してきて高校を卒業した頃から登山を意識的に始めるようになり、地域の山岳会にも入りました。その年に高校の山岳部の顧問だった大西保夫先生に誘われて、局岳という一〇〇〇メートルそこそこの山に出かけました。登るメンバーといったら有名な京都大学の今西錦司さんをはじめ、いかにも山のベテランといった感じの人ばかり。今から思えば知らぬが仏で、よくついて行ったものだと呆れるばかりです。

週末は毎回どこかの山を歩いていました。当然、鈴鹿の山にもよく通いました。御在所岳の中道を下るつもりが、途中、藤内壁の方に下ってしまい恐ろしい目にあった時、「初めてのコースの場合一人歩きはやめてできるだけ仲間と歩くようにしなさい」と道で出会った見知らぬおじさんがやさしく注意してくださいました。

大台ヶ原の山荘で林の向こうに登る月を見ながら「北帰行」「山の大尉」などの山の唄を教えてくれた大阪のお兄さん、あの時のとてもロマンチックだった光景は忘れられません。

こんなこともありました。晩秋のある日、山小舎を出る時はすばらしい秋日和だったのに、途中から天候が変わって雪となり、腰越峠を探しながら越えた頃には膝まで積雪、大変な目にあってやっと「朝明ヒュッテ」にたどり着きました。一緒に歩いた人は途中同じコースなので小屋から同行した名古屋の人でした。

私はとても疲れていたので、ここでもう一泊していくと言うのを、「いや、途中で予定を変更するのはよくない」、ここからは危険はないから少し急いで菰野の駅まで歩こうと無理に引っ張られ、五キロの道を駆け足で走ったのです。とてもしんどくて彼を恨みながら走っていました。駅に着いた途端、最終列車のピーッという音、彼が「待ってくださーい」と大声で叫んだので、何とか最終電車に間に合い、無事計画通り家に帰ることができたのです。

どうして山で会う人は皆こんなに親切で優しいのだろう。私はだんだんと山男にあこがれるようになりました。

そんなある日、今日も一人で御在所の裏道コースを下るべく、国見岳に寄り道をして「兎の耳」で裏道と合流するつもりで歩きだしました。国見の頂上から人っ子ひとり会うこともなく、少し心細くなりながら、いつの間にか早足になっていました。

その時、景色の良い尾根の途中の平らな大きな石の上に寝そべって、口笛を吹いている若い男性を見つけました。私の安堵した気持、今でもはっきり覚えています。

彼は私を見ると口笛をやめて、にこっと笑って私の顔を見たのです。とても優しい目でした。あの時の私は何におびえていたのでしょう。とにかく彼の笑顔を見て、とても安堵感を憶えました。つい嬉しくなって大声で「こんにちは」と一声かけ、何もなかったような顔をしてそこを通りすぎてしまいました。もう少し何か話せば良かったと、しきりに後悔しながら……。

そして「兎の耳」に出て少し下がると腰越峠への分岐点に出ます、そこで私は運命的な出会いをするのです。

その分岐点で山小屋らしいものを建てている大工さんのような三人に出会いました。私は思わず「小屋ができたら、私を小屋で使ってください」と頼んでいました。今思うと、どうしてとっさにそんな言葉が出たのだろうかと不思議です。後で知るのですが、そこで小屋を作っていたのがのちの藤内小屋のオーナー佐々木正巳でした。

意外にもその時「いいよ」と言ってくれたので、私はうれしくて松阪までの帰路はルンルン気分だったのを憶えています。

「そうだ！　憧れの山男たちの世話ができる。自分も登山界の一員になれる」と思うと、本当にうれしかった。思いもかけない突然の出来事でした。

そして、とうとう私はその藤内小屋に半世紀以上も居ついてしまったのです。

感涙に咽《むせ》ぶ

小屋に入って一カ月たたない、一月末のこと。私にとって初めて経験する遭難事故が起きました。藤内壁、奥又の氷壁で前夜小屋に止まっていた大阪の二人連れの男性の一人が滑落したのです。

動かなくなったＳさんを現地に残し、相棒のＭさんが重傷の体で小屋まで連絡に下りてきたのでした。急遽、主人を中心に小屋にいた数人が担架を担いで険しい藤内壁の奥又へ救助に向かったのでした。その時みんなで止めたのですが、Ｍさんは「大丈夫だから自分も行く！」と二時間近くもかかりそうなアプローチを一緒に登って行きました。

私はどうしてよいかわからずオロオロするばかりでしたが、幸い小屋に残っていた年配の山岳会のOBらしい方のアドバイスで、「救助に当たっている人たちが帰ってきた時に疲れて空腹だろうから、おにぎりの用意をしておいた方がよい」と教えられ、オロオロしながらもお米を研ぎ、おにぎりを作って待っていました。皆がへとへとになって降りてきたのは暗くなりかけていた頃でした。

亡くなったSさんを包んだシュラフをホールに安置し、その夜は相棒のMさんと名古屋の山岳会の五人、そして私と主人の八人で一晩中ストーブを囲み、チビリチビリとウイスキーを舐めながら、時々思い出したように山の唄を歌ったりして通夜をしたのでした。翌朝になるとMさんの顔がまるでお岩さんの顔みたいに腫れ上がり、痛々しい思いをさせられました。

午前八時頃、大阪のSさんのお父様、そして山岳会の皆さんが登って来られ、小屋にいた皆さん一人一人に挨拶をされていました。

私たちにも声をかけて下さり、何と言ってよいかわからないまま頭を下げていました。

そしてお父様は、皆さんの方を向いて一段と深く一礼され、最後にやっと息子さんのいる方にゆっくり歩まれ、シュラフのチャックを開けられたとたんにワーッと泣き伏されたのでした。感涙に咽ぶひとときでした。

超満員の山小屋

昭和三〇年代に入り登山ブームが始まり、藤内小屋も開業すると同時に、毎週土曜日は満員で、いつも早めに断りの張り紙を出す始末、目のまわる思いでした。

五升炊きの釜を使い、くどで御飯を炊くのですが、初めのうちは加減がわからず炊き損ねて何度も泣かされました。脱衣場でも良いから、物置でも良いからと泊り客が次々と登って来て困り果てることもしょっちゅうでした。

朝四時ごろから起床して朝食の支度、おにぎり作りと、冬の寒い時なんかはとても辛かったのを憶えています。またお客さんが起きて来る前のホールや食堂の薪ストーブの焚きつけもひと仕事でした。煙のためお客さんは次から次と起きてきてしまって……。小屋に発電機が付くまではランプ生活でしたから、これまた毎日ホヤ（電球）の掃除、油の追い足しなど辛い仕事の連続だったのです。

でも一息ついて、藤内壁に行って午後になってボツボツ帰ってくるお客さんが、「オバちゃん、おにぎりおいしかったよ」などと言ってくださると、それまでの苦労なんてすっかり忘れてしまって、大好きな山小屋をやっているという実感が湧いてくるのでした。

藤内凸凹スキークラブ

平成の時代に入り、小屋のスキー愛好者でそれとなく始めたのが、信州、カナダ、ヨーロッパ等へのスキー遠征でした。

「藤内凸凹スキークラブ」と命名し、年に二回ずつ遠征を楽しむようになりました。毎回一〇～一五人の多人数で、外国に行く場合はスキー専門の旅行会社を通じて格安で出掛けるのです。

カナダのウィスラーでは毎年フェローカップという競技が催されていました。我がクラブもこぞって参加、Nさんは入賞して商品をもらいました。ゲレンデではいつも二班に分かれ、それぞれ計画したコースを滑り、昼は申し合わせたレストランでランチタイムです。また夜は夜でいろいろアフタースキーを楽しみます。

クラブの中には二人ほどカメラマンがいて、スキーや山行が終わると、それを編集して約四〇～五〇分のドキュメンタリーにしてくださる器用な方がいて、それはそれは楽しいクラブでした。

ここから掲載するのは藤内小屋を愛した人たちの思い出を綴った文です。

亡き庄野君へ

英博朝食だよ、英博、英博！　テスト岩の前にいた弟さんに、お父さんはついこう呼ばれました。南の長崎から、この鈴鹿の藤内まで、はるばるやって来られた時のことでした。

この山を歩きまわっていた、生前の元気なあなたを偲んでおられたのでしょう。そばにいた私たちは、お父さんの胸の内を、お察しして思わず熱いものがこみ上げてきました。きっとあなたも、藤内で聞くお父様のこの呼び声を、この限りない愛情を、しかと受け止めていたことでしょう。

覚えていますか、「この桜が咲く時は見事だろうな、花見の宴会でもしようよ」。セーターの上に羽毛を着て、まだ寒さのきびしい二月頃だったでしょうか、あなたが小屋の前の桜の木を見上げながら、仲間とこんなことを話していたのを。満開の桜の下で、あまりにも悲しい宴でした。

山に対し、人一倍の情熱をもち、大いに期待され、その謙虚な態度に仲間からいつも好

感をもたれていたあなたでした。そして誰もが忘れることができないのは、あの優しい笑顔です。その笑顔の中には、あなたの人柄のすべてが、にじみ出ていました。

二九才、無限の可能性を秘めたこの若い命、あゝ何という運命の苛酷さでしょう。ハラハラと散る桜の下で、私たちは再び悔みきれない気持ちをかみしめたのです。御家族や仲間たちを、こんなにまで悲しませ、嘆かせているあなたを、私は恨めしくさえ思ったものです。

しかしあなたの素晴らしい岳友は、間もなくその悲しみをのりこえ、友の死を無駄にしてなるものかと、ザイルを持って再び起ちあがりました。来る日も来る日も彼らはやって来ます。そして小屋での語らいは、果てしなく広がる山への憧れ、楽しかった過去の思いで、その思い出の中に、あなたを見つけて、思わず涙と共に山の歌をうたう人もいます。このような優しさを秘めた、たくましさ、男らしさ、彼らのそんな姿に、私は息子のような愛おしささえ憶えます。そしてこんな素晴らしい友をもつことのできたあなたは、果報者だったと思うのです。

最後にお別れした時のあなたの、あまりにも安らかな、信頼感に満ちた顔を思いだします。短い人生であったけれど、素晴らしい山仲間と、御両親と暖かい家族に恵まれて、きっと誰よりも幸せだったのですね。そして自分の果たせなかった多くのことを、それらの人々に、信頼し、託して行ったのでしょう。

あれからずい分、月日が流れ、再び春がやって来ます。あなたの信頼する人たちは今、一つの教訓を得て、人生を忠実に、あなたの分まで大きく生きようと羽ばたいています。藤内の一角で、あなたはそれを絶えず見守っていてくれますね。明日もまた、誰かが君に会いに来てくれるでしょう。どうか安らかに、お眠りください。

（「岩山に逝く」庄野英博君遺稿集より）

ヴィヴァルディの「四季」を聴きながら

山田君　あなたにもらったテープを聴きながら、これを書きました。（追悼詩）
このヴィヴァルディの「四季」の〈冬〉を聞くたびに、あなたを思い出すことでしょう。
安らかに、お眠りくださ い

冬

第一楽章

しんしんと　降りしきる雪は
一切のものを　白く包みかくしていく
深く　冷たく　いっさいのものを
やがて雪は　渦を巻き
吹雪となって　山をかき回す
はてしれぬ　狂奏曲となって
一体　この世のものなのか
このすごさは
しかし静か夜は　冬にもある
岩尾根の氷が　月に照らされ　金色に光る
人の力が尽き　雪の中で　静かに絶えていく時
そこに　自然の　勝ち誇った顔をみる

第二楽章

ストーブの燃え盛る　暖かい部屋で
父は新聞を　ひろげていた
兄弟で語る　歓びのうた
満ちたりたひととき
窓の外は　降りつづく雪
幼い日の思い出　幸せな日々
暖かい部屋の中
あゝ　もう一度　母のそばで……

第三楽章

冬の自然の非常さは　本ものである
この目で確かめたのだから
それ！　再び恐ろしい狂奏曲が聞こえる
友よ　気をつけろ

荒れ狂う彼の姿を　よく見よ
しかし　恐ろしい自然のその奥には　愛もあった
自分は　その数日間　その愛に抱かれて眠った
不思議な　宇宙の大きな愛に
友よ　自然の優しさも　決して忘れないでくれ

（山田正美君追悼集より）


「氷壁・ナイロンザイル事件の真実」（石岡繁雄・相田武雄 共著）が石岡さんの長女石岡あずみさんより送られてきました。井上靖著「氷壁」はこの事件を題材にして書かれたといわれています。

石岡繁雄さんは本の完成の前年、二〇〇六年八月に突然、帰らぬ人となりました。

これは本のお礼と、石岡先生への追悼の言葉です

石岡あずみ様

先日は、石岡繁雄先生の貴重なすばらしいご本を贈って頂き、ありがとうございました。しかも発刊されたばかりのものを頂き恐縮しています。読み終わってよくここまでと、感涙にむせんでしまいました。

主人は先生の長い間の御苦労はあらまし知っていたようですが、私は小屋に来たのが昭和三五年一月で当時は山のことなどチンプンカンプンで、ひたすら宿泊者のお世話に明け暮れ、暇さえあればホームシックでめそめそして、そんな登山界のことなど考える余裕もなかったのでしょう。

でも後々になってやはり仕事上、先生のことは本や新聞などで知り、おおよそのことは知っておりましたから、先生が藤内小屋を訪ねて下さった時（一〇年前のことと思います）はお話しするのがはばかれる、偉い方だと思って緊張の連続で、今になってあの時もっといろいろお話を聞きたかったなぁと後悔しています。

とにかく世の中の大企業や有名な権威者を相手取って、最後に正義を勝ち取ったという石岡先生の偉業は私たち、凡人にとって何とも快いことでした。人並み外れた賢明さと人一倍優しい心の持ち主である先生だからこそ、成しとげ得た快挙だと思います。登山界に偉大な貢献を残されたことは歴史の中に大きく刻まれることでしょう。

岩稜会のことは「ナイロンザイル事件」で有名になり、今も語り継がれていますが、山岳会としての数々の偉業はあの事件以後、あまりお聞きしなくなったように記憶しています。ナイロンザイル事件に関する活動にほとんど費やされたのでしょうね。失った岳友のために、そして後世に続くアルピニストのために、大きく貢献して静かに消えていった岩稜会ですね。「石岡先生と岩稜会」いつまでも尊敬の的として語り継がれていくことと思います。

私はこの本の中に本当の山男の真髄を、そして求めてやむことのない男のロマンを感じました。尊敬と憧憬の念で一杯です。

昨年頂いたお酒は忘年会の際に先生を偲んで皆さんとおいしく頂きました。本当にありがとうございました。先生のご冥福をお祈りします。

二〇〇七年一月　藤内小屋　佐々木敏子

北川みはるさんのこと

彼女の死は、知る者の中では誰もが予期せぬ出来事でした。年間百日以上はどこかの山や谷をほっつき歩き、知らぬうちに世界のどこからか帰ってきてはまた次の目的地へ――といった具合で、私たちがちょいと大阪や名古屋あたりへ遊びに行くような感じで、世界を飛び回っていました。だから彼女不死身だと、皆が信じていました。

有名な登山家、田部井淳子さんのもとでガッシャブルムⅡ峰に挑んだ時も彼女がほとんどルート工作をしたそうです。

主婦でありながら、子どもがいないせいか夫君の理解もあって、自由奔放で、仲間にとっては羨ましい限りの人でした。

彼女はとっても勉強家でした。英語も堪能、バイトに必要な資格を取り、亡くなる一カ月前には、私の主人と一緒にアマ無線の資格も得たのですが、合格通知を待たずに逝ってしまいました。

また彼女はとっても思いやりの深い子で、人の悩みをすぐ自分の悩みにしてしまう悪い?癖があり、少々おせっかいすぎる面もありましたが、四日市南高校当時から私どもの藤内小屋の常連で、物事に頓着しない明るい性格は、太陽のような存在でした。

そのような訳で、彼女の死は私どもにとって大きなショックで、昨年来、山は消えたような状態です。

昨年一月四日、彼女の葬儀には全国から七〇〇人もの岳人が駆けつけてくれまして、受付をしていた私はグロッキーになり、倒れてしまったくらいです。

山の仲間が敢えて冬山の厳しさを求めるのは、我々には想像もつかないくらいの何かがそこにあるからなのでしょうか。多くの山仲間を見ていると、その何かによって人生の考え方までもが変わってしまうように思えてなりません。彼らの多くは、世の中を上手に渡る術こそ心得ておりませんが、人間的にはとても愛すべき人たちです。私は彼らが愛おしくてなりません。

彼女が三千メートルで見た夕日は、さぞ美しかったことでしょう。しかし同じ美しいものなら、朝のそれを見て欲しかった。昼間であればきっと助かっていた事故だったんです。三日後に一人で行くアコンカグア行きのパスポートを抱いたまま、逝ってしまいました。みはるちゃんは花が大好きでした。いつかの、大阪の花博の時の「ブータンの花・青いケシ」は、彼女がブータンの山奥で採取してきたものです。

四十六年間で、私たちの何倍も生きたみはるちゃんです。そう思えば少しは慰められます。

彼女の楽しいエピソードを一つ。彼女はどこに行っても男の子に見られ、いつかインドかパキスタンかで、夜遅くやっと見つけた安宿で暗がりの中を通され、隅っこで寝ることができたらしいのですが、朝起きてみたら全員ヒゲもじゃの大男ばかりで、何と隣には女性用の部屋があり、数人しか寝ていなかったそうです。

（寺下昌子著「屋久島の少年」より）

尾崎隆君のこと

おばさん、これ「霧島のミドリシジミ」と違うかなぁと言って虫とり用のタモを担ぎ、期待を込めたうれしそうな顔をして小屋に駆け込んできた少年がいました。彼が捕まえてきた蝶は、確かに美しい羽をもつ蝶のようでしたが、残念ながらそれは蛾の一種でした。

少年は湯の山温泉の裏登山道の入り口前にある「志摩屋」（藤内小屋の荷物の預かり所）から頼まれたと言って缶ビール一ケースを担ぎ、その上にザックをのせて藤内小屋まで登って来たのでした。

なぁーんだ、とがっかりした顔でキョロキョロしながら蝶を捜している様子でした。いかにも自然に興味を持つ将来性のある子だなぁというのが彼、尾崎君の第一印象でした。小さい頃から蝶や昆虫が大好きで山は良く歩いているんです。そう言って彼は小屋のボッカをしながらよく登ってくるようになりました。

そのうちに御在所や鎌ヶ岳にも足をのばし、当然、藤内壁へも挑戦するようになり徐々にいっぱしのクライマー、アルピニストの域に入り込んでいきました。雪の多い時に小屋の少し下の刈り跡で、ほんの五十メートルの斜面でスキーの練習をやっていたのを思いだします。そして彼はとうとう国内ばかりか世界の山々にも遠征し、ヒマラヤの八千メートル級をめざすようになりました。

確か五つ目か六つ目の八千メートルを目ざしていた頃のそんなある日、私が中菰野の自宅で朝、顔を洗っていると、オハヨーと亀山から車をとばして彼がやって来たのです。何事かと思えば彼は朝めし前にひと運動――とか言って、テニスの相手をしてほしいからと誘いに来たのです。

仕方なく私もパンをかじりながら尾高高原に廃業のまま残っているテニスコートに行くようになり、そんな毎日が二週間ほど続いたのですが、彼はヒマラヤへのトレーニングだったのです。

彼のそんな一途な行動は世界中に一流のアルピニストとしての名を広めていきました。テニスの休憩の時によくいろんな話をしたのですが、真面目な性格、自然への憧憬の強さ、将来の人生観等々、彼の人となりを一応見てきたつもりです。

その彼が突然、家族を残してヒマラヤの山中に消えてしまったことは、ある意味では当然でもあり、またある意味ではそんなはずではなかったような気がして、思い出す度に、人の命というものを考えさせられます。

彼のフランス語で歌う「雪が降る」は、私の心の中にいつまでも生きていることでしょう。歌のうまい尾崎君でした。

藤内小屋の歌

「藤内小屋の歌」　作詞・作曲　森 正弘

一人ぼっちの暮らしに飽きて　明るいところへ
いつも笑顔を絶やさない　素敵な人がいる
暮らしに疲れ果てているとき　そのやさしさが
何度も何度も僕を闇から　救い出してくれた
一人ぼっちの暮らしに飽きて　光の中へ
緑が静かでまぶしい　五月の日差しの中
ラバーソールの靴底で　岩肌を感じるために
すべて忘れてよじ登って　ビールで喉をうるおす

一人ぼっちの暮らしに飽きて　仲間のいるところへ
寂しい気持ちになったとき　僕はここへ来る

そこには素敵な仲間がいて　悲しみを遠ざけてくれる
悲しい目をして笑っていた　あいつのために歌おう

ラバーソールの靴底で　岩肌を感じるために
すべて忘れてよじ登って　ビールで喉をうるおす
ラララ　ラララ…

これは、若くして病に倒れた（享年五十二歳）フリークライマー森くんが作詞作曲した歌です。

昭和五十年代だったでしょうか、アメリカのヨセミテからフリークライミングの波が訪れ、藤内にも若い新世代のクライマーたちがやって来るようになりました。

東京在住だった二十代の森くんは、月に一度ぐらい弟さんとともに藤内にやって来ました。昼は藤内壁でのクライミング、夜になると、小屋の居間でギターを弾きながら自作の歌や当時のフォークソングなどを歌っていました。常連さんたちや若いクライマーたちが集い、みんなで声を合わせて歌うようになりました。

いつしか、その歌詞の彩る情景から、もともと曲名がなかったこの曲を、皆が「藤内小屋の歌」と呼ぶようになり、今でも歌い継がれています。


エッセイ「御在所山からこんにちは」（二〇〇八年一月〜八月）

◎一月

宝石を散りばめたような、四日市の夜景。そして白々と明け始めた、朝の光の中へ、一つ二つと、とけ込んで消えていく宝石。やがて真っ赤に燃えた東の空から、火の玉のような太陽が顔を出す。辺り一面の山々がいっせいに赤く燃え出す。

何と素晴らしい情景だろう、山の上の歓びをかみしめる。

肌をさすような、あまりの寒さに、ふと背後の寒暖計を見るとマイナス七度をさしているではありませんか。

ブルッと身震いをして思わず部屋の中へ駆け込み、再びふとんの中へもぐりこみました。御在所の頂上ではおそらくマイナス一〇度を越しているだろう。

◎二月

氷点下の寒い日が続き、御在所岳の登山道も残雪がツルツルに凍りアイゼン無しでは恐ろしくて歩けません。

休日となると都会から中高年の登山者が、朝早くからアイゼンを付け、馴れない足取りでぞくぞくと登ってきます。

時には吹雪の中を真っ白になりながら、横向きで足早に通り過ぎて行く人を見ると、よくぞこんな日に——と思えたりするのですが、彼らにしてみればそれこそ登山の醍醐味を味わっている様子です。御在所といえども山は今まさに厳冬期です。

昨日、手袋を何枚も重ね、山を下りる途中、ふと傍らの木の根っこに、放射線状に葉を広げてポツンと一センチほどの蕾《つぼみ》をつけたショウジョウバカマを見つけました。寒さに震えながら、こんなに早くから春を待つ姿を見て、とてもいじらしく、つい「もう少しだよ」と声をかけました。すると後から下りてきた人が「ありがとう」と言って、先に下りて行きました。

◎四月

吹く風も冷たく、いまだにストーブが手放せない状態ですが、四月になると遅れては大変とばかり、コブシ、山桜、岩ツツジ、アカヤシオ等々、いま御在所の峰々は春、真っ盛りです。嗚呼、今年もみんな無事咲いてくれたねぇと安堵するのがここ例年の習わしになりました。

というのも大気汚染の影響がいろいろな面で、山々にも及んで来ているようです。遅まきながら私たち一人一人がこのかけがえのない大切な地球を守っていくのだという気概を持って生活を見直していかねばと思います。

近くのスーパーまでの買い物は歩いていきましょう。夏の暑さや冬の寒さにも冷暖房に頼らず、自然に適応する力を養いましょう。身体も丈夫になり一挙両得です。

何でもないたったこれだけのことをみんなが少しでも実行すれば、この地球はどれだけ美しくなるのでしょう。将来のために今から意識を変えて生活を見直そうではありません

か。ガソリンも高いことだし、そうそう、パンクしていたあの自転車を直してこようっと。

◎五月

　風薫るさわやかな五月の雨上がり、まぶしい新緑の間を縫って、今日もセントレアの上空を早朝から飛び立っていく飛行機を見ていると、自分もつい、どこか旅に出かけたい衝動にかられます。居ながらにして、四日市、伊勢湾、知多半島と見わたせる居間で何となくボーッと外を見ていると、小屋の前の休憩所の様子に腰掛けて、それは美味しそうにタバコをふかしている男の人に気がつきました。

　こんなに早く下から登って来たのかしら？　年の頃五十歳前後、足を組み、何となくリラックスした様子で中尾根の方を見上げながら、彼は一体何を考えているのだろう？　五分、一〇分……気にするでもなく、彼の仕草を何となくぼんやり眺めているうちにふと私と彼の間にとてつもなくゆったりした〝時〟が　流れているのを感じたのです。

　この不思議な感覚は、あまりにもリラックスした彼の仕草からきたものなのか、またあまりにもノンビリ屋の私の性格のせいなのか、よくわかりません。

◎六月
煙雨のベールに包まれた六月の山路をぼんやり歩いていると、現実と夢が入り混じった酔い心地にさせられる。世俗的な雑念をすべて忘れてしまう瞬間……、幻の中の自分が本物なのかどうかもわからなくなる。

霧、もやの中にひときわ白く、山ぼうしの花が浮んで見える。この季節に咲く、清楚で精霊にさえ思えるこの花が私は大好きだ。足元の緑たちはこれからやって来る夏の厳しさ、日照りに備えているのだろうが、妙に生き生きとして……。

一瞬どこからともなく甘い香気が漂ってきた。笹ゆりだ。最近めっきり減った山の笹ゆり。思わず我に返り辺りをキョロキョロ見回したがゆりの姿は見えず、私は現実に戻った。

関西からやって来るクライマーたちの夕食を作らなければ……。遠方から、この御在所にやって来る人たちのために明日は晴れて欲しい。

◎八月
盆を過ぎた頃、かな、かな、かな、と、ひぐらしの声を聞くと、あのきびしい暑さももうおしまいと安堵の中にも一抹の淋しさを感じて、にぎやかだったこの夏との別れが惜しまれる。

私の中で、ひぐらしといえば必ず思い起こすのが終戦という言葉です。あの時はひぐらしが盛んに夏の終わりと共に戦争の終わりを告げていました。私の頭の中で今でもはっきり聞こえるのです。ひぐらしさんありがとう。

もうあの恐ろしいB29の音を聞かずに済むんだね。兵隊さんが殺されなくて済むんだね。防空壕の中で震えていなくてもう済むんだね。……

私にとって、ひぐらしは平和の使者なのです。戦後六十三年たった今年の夏も平和の使者は御在所で、かな、かな、かな、と必死に告げています。

＊「御在所山からこんにちは」は、ここで九月二日の災害とともに終わっています。

藤内小屋から一の谷山荘へ

災害、それは山小屋のオーナーとしてあと四カ月もすれば半世紀を迎えようとしている矢先でした。五〇周年記念に当たり、記念品やいろいろなイベントを考え始めていたところでした。

佐々木正巳は大勢の山男や山女たちに愛されながら、五十年にわたり自然と闘いながら（物資や燃料などのボッカ、また飲み水の確保等々）血のにじむような努力を重ねてきました。

何の趣味も持たない彼にとっては唯一の生きがいが藤内小屋でした。小屋のためにはどんなにつらいことでも弱音を吐く人ではありません。歯を食いしばって黙々と精を出している姿が佐々木正巳の姿でした。誰よりも藤内小屋を愛した人です。

ある時、長年の念願だった客用寝室の増築材木をボッカしていた時、たまたま、ＣＢＣテレビのニュースアナウンサーをしていた大園さんがそれを見て、「すごい怪物君だ！」とそれを題材に四〇分ほどのドキュメンタリー「怪物くん」を作り放送して下さいました。ドキュメンタリーのコンクールで優秀作品に選ばれたそうで、あの時は主人もとても嬉しかったようです。

正巳は酒もやりません。小屋のおやじと一杯やろうと、楽しみに一升びんをぶら下げて登って来て下さる方には本当に申し訳なく、酒が飲めたらナァとよく二人して思ったものです。

しかしその反面話し好きで社会情勢、政治の話になるといつ終わるともなく延々と続くのです。これも父（正一）譲りなのでしょうか。ストップさせるのが私の役目で苦労しました。せっかくの休暇に山を楽しむために来ている人たちなのにと。でも昔はお客さんの年齢が私たちとあまり違わなかったから、それでも良かったのかもしれません。

小屋のオーナーとしての、彼の良い所はお客さんの差別を決してしない人でした。どんな有名な登山家が来ても皆と同じようにふるまい、私も彼のそのような点は大いに気に入っていました。

二〇〇八年の災害後の彼の心の内は、五十年付き添ってきた私でさえ、はかり知れないものがあったのではないかと思います。七十三歳で山小屋を失った彼は、現在、私と鈴鹿スカイライン沿いの車が横付けできる一の谷山荘にいます。当初は小屋を失ったあまりにも大きなショックでうつ病状態になり、仕事も手につかずで、以前のような元気もなく五年たった現在、とうとう藤内小屋へは行けなくなってしまいました。彼は、この一の谷山荘にいる時が一番心が落ち着くようです。

みんなの藤内小屋

山小屋生活五十年の間には、辛かったこと、楽しかったこと、悲しかったこと……、下界では味わえないいろいろな出来事に遭遇しながら、今思えば幸せな人生だったとつくづく思うのです。

たくさんの見知らぬ人との出会い――、それは何より有意義な宝物です。いっぱいの友達、いっぱいの娘や息子、そしていっぱいの孫たちに恵まれ、私の大きな心の糧となっていきました。

そして、災害により心ならずも藤内小屋にピリオドを打たれた時には、そんな皆さまから毎日のように心強いはげましの声やたくさんのご支援を頂きました。

私たち夫婦は、ただただなすすべもなく、皆さまのご親切に頼り、涙、涙の連日でした、と言うほかありません。

何十年も前から藤内小屋を愛して下さった懐かしい方々が、久しぶりに不自由な身体にむち打って登って来て下さり、無残な小屋の姿を見て涙ぐんでおられるのを見た時、藤内小屋は私たちだけのものではなく、皆のものなのだと強く、強く感じました。山小屋は山男、山女、山に来る人たちのオアシスです。

笑ったり、泣いたり、感激したり、私たち夫婦は半世紀の間、そんな中で何と幸せな人生を送ったのでしょうか。

小屋を愛して下さった多くの人々に心から感謝いたします。ありがとうございました。

これからも藤内小屋が皆様の良きオアシスでありますように。

エピローグ　一の谷山荘より

（文・佐々木敏子）

鈴鹿スカイライン沿いで御在所中道登山口のすぐ上に、チンマリと居心地良さそうに建っているのが一の谷山荘です。

御在所裏道の藤内小屋が大災害に見舞われ、路頭に迷ったあげくオーナーだった佐々木正巳が辛うじて建てたのがこの宿泊定員十名の小さな山小屋です。

もとは正巳の祖父が昭和二〇年代に「御在所近鉄山の家」という百名収容の大きな山小屋の管理人として存在していた頃からのもので、当時その大きな山小屋のすぐ横で、中部電力の山岳部が松風荘という名の山荘として利用していたものです。

御在所中道、一の谷新道、鎌ヶ岳等のコースの分岐点にあり、立地条件は良い。それに藤内小屋と比べると、まず車が横付けでき（登山者にしてみればあまり感心できる条件ではないかもしれないが）、それに電気が使えるという、この二つの点は年寄りが山小屋を続けていくには絶好の条件なのです。

藤内小屋の災害後、うつ病が続き何事も手がつかなくなっていた正巳は、動けば転んで怪我をしたり、骨折をしたりで、何度も入退院を繰り返しているうちに筋肉が落ち、力も出なくなってしまいました。

一の谷山荘の建設は、八割がた鈴鹿に住む叔父池田豊昭氏の手によるものでした。彼は昔、宮大工をしていただけのことがあり八十歳を越えながらなかなかの仕事ぶりでした。その叔父を正巳と一緒に送り迎えしながら約一年近く。真冬の手がこごえるような時でも毅然として仕事に励んでいる叔父の姿に、二人は「これがよく言う職人かたぎか」と感心して見ていたものでした。

以前から正巳も見よう見まねで大工仕事は好きだったので、ちょこちょこ手伝っていましたが、よく失敗していました。それでも日ごとにでき上がる新しい小屋を眺めながら、正巳は少しずつ意欲が湧いてくる様子でした。叔父さんに感謝の毎日でした。

二〇一四年に完成。やっと五年目にして再び山小屋稼業に戻れたわけで、その頃には何とか気持も落ちつき、平穏な日常を送れるようになっていました。二人はここで年相応にのんびりやっていこうと決めたのです。

藤内小屋当時の懐かしい人たちが、「歩けなくなり藤内小屋には行けなくなったけど、こう

一の谷山荘にてくつろぐ佐々木夫妻

して車でおじさんやおばさんに会いにこられるから」と、顔を見せに来てくれるのが何よりうれしい。

新しいお客さんとの出会いもまた新鮮で楽しいものです。しかし寄る年波にご多聞に洩れず病院通いの多い日課です。でも車で小屋まで行けるうれしさ、発電機をいじらなくてもスイッチ一つでパッと明るくなることのうれしさ、過去五十年の苦労が偲ばれます。と同時に、何もかも、今になってもボッカが基本の藤内小屋を継いでくれている娘夫婦のことが思いやられる毎日でもあります。

一の谷山荘にも売店を作ろうということになり、二〇一六年にスカイライン沿いに少しの土地を埋め立て、ほんの小さな売店とトイレを作りました。

藤内小屋、復旧のボランティアに引き続きたびたび津から通って来て下さる藤井さんは七十五歳、足を怪我して歩行が困難になり、それでもリハビリになるからとトラックに土を積んできてくださったり、材木を積んできてくださったりして、多大な援助を頂きました。

お蔭さまでスカイライン沿いに可愛い小屋ができ上がり、登山の途中に休憩に寄っていく人、気軽に遊びに来て下さる人、いろんな人が集まり賑やかになりました。

年寄りには賑やかなのがいい……。山恋い、人恋い、人間なんて欲張りで厄介な生き物ですね。

それにしても二人とも八十歳を過ぎました。今後、車も運転できなくなると、この小屋の運営も難しい。身体の方もあと何年もつか。子どもの頃から小児喘息で、山小屋には無関心というより小屋への登り降りも大変だった息子洋一が、一の谷山荘へは時々様子を見に立ち寄ってくれているので、いずれは息子たちが何とかしてくれるものと、安気《あんき》でのんびりやっている毎日です。

私と藤内小屋

高田 光政（登山家・欧州アルプス三大北壁登攀）

一九五二年、十八歳で名古屋山岳会に入会できた。山岳会の中心は跡部昌三さんで昼間は中日新聞の「岳人」編集部で、夕方は広小路本町の細長い裏道の奥の目立たない場所で登山用品の販売をしていた。

私は一カ月の半分は夕方、毎日のように立ち寄った。会のトレーニングはほとんど土曜日、夕方七時頃、近鉄で湯の山温泉駅に行き、温泉街まで歩き、そこから「兎の耳」にテントを張り、翌日、一日中藤内壁でトレーニングをした。その頃、今の藤内小屋があるところは雑木林であった。

ある時、木の香が漂う小屋ができた。それが藤内小屋である。しかし名古屋山岳会に非常に厳しいY氏がいて、小屋泊まりと、他のグループとの登山は禁止していた。ある時、私はY氏と口げんかになった。その結果名古屋山岳会を退会することになった。それで佐々木正巳夫妻の藤内小屋の泊りもできるようになった。

その頃、四日市の竹内博美と友達になり山登りを続けた。彼のあだ名は〝酋長〟。どうして、このあだ名になったか知らないが、みんなの中では定着していた。

ある時、佐々木正巳氏が私と酋長で、裏道に自分たちの山小屋を作れと盛んにプッシュしてきた。しばらくして、菰野山岳会の梅田浩生さんが日向小屋を作った。夜遅いときは日向小屋にもよく泊まった。

藤内小屋の「ワイワイクラブ」の十人ぐらいで、上谷尻谷で天然わさび狩りをよくやった。こんなこともあった。武平峠から雨乞岳の細い沢の小さな滝の上にわさびを植えた。五年ぐらいたってその場所に行くと少し小さいがとれた。その天然わさびを寿司屋に持っていくと「香りも強く、味も優れている」と驚いていた。昔の話であるがおそらく今でも行くとあるのではないだろうか。

私にとって藤内小屋の話は尽きない。

あとがき

幸いにも昭和三四年の藤内小屋創設の頃は、世の中登山ブームが始まった頃で、特にロッククライミングにおいては全国に未踏の岩場がたくさんありましたから、それぞれの山岳会でわれ先にと初登をめざして競争が激しかった時代でした。

鈴鹿山脈、御在所岳の藤内壁はロッククライミングのゲレンデとしては全国でも有数の岩場で全国の各地からクライマーが集まってきました。

私たちの藤内小屋は立地条件も良く、そんなブームに乗りお陰さまで大変賑わったものでした。遭難という悲しい事故も数多くありましたが憧れの山男や、勇ましい山女に囲まれてそれは楽しい半世紀でした。

ところが小屋五〇周年を目前にしてあの忌まわしい「御在所集中豪雨」に見舞われ、半壊した藤内小屋を再建する勇気は七十三歳の私たちにはとてもできませんでした。

幸いにも娘夫婦が跡を継いでくれることになり、そのことが主人の気持ちをどれだけ和らげ、安心させてくれたことでしょう。主人にとって小屋は唯一の生き甲斐でしたから、その喜びは絶大なものがありました。

また小屋の災害時、ボランティアの皆様には感謝してもし切れないほどの感激を受けました。そして、たくさんの方々からのご支援で藤内小屋は再建できました。人の情というものを身にしみて感じ、今も暖かい、幸せな気持ちで毎日を送らせていただいております。

今回、このような形で藤内小屋の思い出を立派な本にして下さった湯の山「夢谷庵」の谷尚典様には本当に感謝しております。無能な私たちのため、何の資料も提供できず、歳のせいで思い出せることも少なく、谷様には何かとご苦労かけました。そして本の執筆・制作にあたりご協力いただいた関係者の皆様にも心よりお礼申し上げます。ありがとうございます。

佐々木敏子

藤内小屋、再び

この本を読み、感激に震えた。僕のパートナーだった藤内小屋が蘇った。こんなうれしいことはない。僕の心も甦った。心身を鍛え直し再会を果たしに北谷に行こう！

佐々木正巳

おわりに

　菰野町に移り住んで毎日、鈴鹿の山々を見るのは何とも心豊かになる。中道、裏道、表道から御在所岳に登ったのも懐かしく思い出される。しばらくして藤内小屋の佐々木正巳さんに会った。藤内小屋の災害のことは知っていたが、今は娘婿の神谷さんが管理人をしていることは知らなかった。災害直後に藤内小屋まで行ったことがある。小屋に大きな石がめり込み、小屋の真ん中に水が流れていたことを鮮やかに思い出す。

　話を聞くと、正巳さんは小屋の再建は無理。「これで藤内小屋は終わった。俺も小屋の五十年も終わった」。当時の新聞に「藤内小屋のオーナーは小屋の再建を断念」と報じられていた。それが再建されていた。まずこのことが、〝どうして〟と知りたくなった。当時の写真も見せてもらったが、藤内小屋に関する資料はない。再建を断念して正巳さん自ら焼却処分してしまっていた。

　佐々木正巳さん、敏子さんの話を聞きながら、二人の〝生き様〟にすっかり魅せられ、小屋の再建の根っこがここにあったのだと確信した。八十歳を過ぎたお二人に簡単な記録集を残したいと、まとめだしたのがこの本の始まりである。災害当時の写真、当時の新聞記事、復興の写真、藤内小屋に残されていた「猪飼メモ」を見ながら糸を紡ぐようにまとめたものである。不十分、不正確なところはお許しいただきたい。

　単なる記録というより、正巳さん、敏子さんの生き様が少しでも届けられれば幸いに思う。敏子さんに藤内小屋を取り巻く人たちのことを書いてもらうと、それ自身がドラマになっていた。私がまとめるより、そのままを本に収録させていただいた。

　出版に当たり、写真や、資料を提供していただいた多くの皆さんありがとうございました。また当時を思いおこし、文章にしていただきました皆さん、ありがとうございました。単行本に編集していただきました風媒社の劉永昇さんには大変お世話になりました。

谷　尚典

藤内小屋　（神谷清春）
〒510-1233　三重郡菰野町菰野8501
TEL059-396-4093

御在所　一の谷山荘　（佐々木正巳）
〒510-1233　三重郡菰野町菰野8503-1
TEL059-392-2654

夢谷庵　（谷 尚典）
〒510-1233　三重県三重郡菰野町菰野8489
TEL059-392-2211

［著者略歴］

佐々木正巳（ささき・まさみ）
佐々木敏子（ささき・としこ）
鈴鹿・御在所岳「藤内小屋」オーナー夫妻。
1935年、正巳生まれる。1959年、正巳「藤内小屋」を建てる。1960年結婚。2005年、別館完成。2008年、鈴鹿山系を襲った豪雨災害で「藤内小屋」壊滅。2010年４月、多くの人たちの尽力で小屋が再建される。現在、新生・藤内小屋の経営を娘夫婦にゆずり、「御在所 一の谷山荘」に夫婦で暮らしている。

谷　尚典（たに・なおのり）
1942年、福岡県生まれ。三重県菰野町湯の山「夢谷庵」主人。
著書に、『私のサンティアゴ巡礼』2011年、『湯の山夢谷庵 行ったり来たり』2014年（ともに風媒社刊）がある。

カット◎佐々木敏子（第４章）

写真・資料提供◎村山俊司、渡辺香泉、松井良三、猪飼俊彦、久保田孝夫

装幀◎澤口　環

鈴鹿・御在所岳　藤内小屋復興ものがたり

2018年４月１日　第１刷発行　（定価はカバーに表示してあります）

著　者　佐々木 正巳
　　　　佐々木 敏子
　　　　谷　　 尚典

発行者　山口　　章

発行所　名古屋市中区大須 1-16-29
振替 00880-5-5616 電話 052-218-7808　風媒社
http://www.fubaisha.com/

＊印刷・製本／モリモト印刷　乱丁本・落丁本はお取り替えいたします。

ISBN978-4-8331-5347-8